talian FIC Terra
Terranova, N.
Gli anni al contrario.
Caledon Public Library
JUN 2015   3582

PRICE: $41.15 (3582/01   )

CALEDON PUBLIC LIBRARY

© 2015 Giulio Einaudi editore s.p.a., Torino
www.einaudi.it
ISBN 978-88-06-21731-0

Nadia Terranova
Gli anni al contrario

Einaudi

Gli anni al contrario

Il mio libro è affollato della morta gioventú degli anni.

HAROLD PINTER, *Libro di specchi*

Prologo.
Due mari

Seduta sul gabinetto, Aurora Silini si tappò le orecchie per concentrarsi sul libro di geografia che teneva aperto sulle ginocchia.
In corridoio i fratelli si stavano picchiando, presto qualcuno avrebbe bussato, e solo fingendo una lunga e penosa evacuazione poteva tenersi quella stanza tutta per sé: il suo obiettivo era prendere un altro nove prima della fine del trimestre, anche se poi i genitori le avrebbero concesso al massimo un'occhiata distratta alla pagella. Di un'uscita premio neanche a parlarne: l'unico modo in cui il padre le lasciava trascorrere i pomeriggi era dentro casa. Una domanda in piú, una curiosità sincera sui suoi studi, anche quelle erano speranze morte. Secondogenita di quattro maschi e due femmine, a tredici anni Aurora aveva collezionato urla e isterie sufficienti a stroncarle ogni anelito alla riproduzione. Non aveva mai giocato con le bambole ma sempre con pupi veri, però fin dalle elementari aveva scoperto che grazie allo studio poteva conquistarsi una zona di tregua e il rispetto degli adulti, almeno fuori casa. Nell'istituto religioso dove il padre, direttore del carcere cittadino e conosciuto in città come il fascistissimo, mandava le figlie femmine a diplomarsi, le suore la indicavano come alunna modello per le ribelli e indisciplinate. Marchiata da lodi tanto antipatiche, Aurora veniva esclusa dai gruppi e dalle comunelle delle compagne. Non le piaceva il

muro che le suore le avevano alzato intorno, eppure perfino a quelle condizioni si sentiva meno sola che in famiglia.

Giovanni Santatorre, terzogenito di un avvocato comunista, era arrivato dopo una di quelle notti maliziose che a volte si improvvisano fra coniugi di mezza età. Quando aveva saputo di essere incinta la moglie si era lamentata col marito: e ora come lo cresciamo? L'avvocato si era acceso una sigaretta rispondendo che come avevano mangiato in quattro avrebbero mangiato in cinque, e lei non ebbe cuore di fargli notare che con tutti gli anni che avevano addosso il problema non sarebbero stati i soldi ma le energie.

Boccoli castani, occhi cerulei, un viso ombroso e nobile, l'ultimogenito dei Santatorre nacque e crebbe a un passo di distanza dai fratelli. Un bambino difficile, sottolineavano gli insegnanti, infastiditi, piú che dalle sue introversioni, dalla propria incapacità di comprenderle. Giovanni trascorreva i pomeriggi giocando a pallone in cortile fin dopo il tramonto, quando la madre lo chiamava dalla finestra. Abbandonava il campo malvolentieri, senza aver quasi mai segnato. In squadra gli piaceva mettersi i piú deboli, quelli su cui nessuno avrebbe scommesso: equità e giustizia erano già affari suoi. A undici anni rubò la prima sigaretta dalla giacca del padre e cominciò a fumare conquistandosi l'ammirazione e il rispetto dei coetanei; alle medie lasciò perdere il calcio, in cui non si era mai distinto. Rubò slogan facili alla televisione e parole marxiste ai libri di casa, decise che la politica gli interessava e provò a guardare da vicino quella che faceva suo padre. Saltava la scuola per andare nella sezione dove l'avvocato era tesserato con tutti gli onori, ma trovò solo un cenacolo di vecchi signori che tutto facevano tranne che preparare la rivoluzione. Partecipò a una riunione dove all'ombra di un ritratto di Lenin si discusse di spartizione di seggi ed elezioni comunali; decisamente non erano quelli i compagni che cercava. Quando lo vedevano arrivare, lo riempivano di regali per la famiglia: provole, vino, vassoi di cannoli. Giovanni ringraziava, ma dimenticava la roba lí. Fu chiaro a tutti che far entrare quel ragazzo nelle dinamiche del partito non sarebbe stato facile e qualcuno si lasciò scappare che il piú piccolo dei Santatorre non era all'altezza del suo cognome, inciso sull'elegante targa dello studio in centro.

I Silini abitavano appena fuori città, sul mare, in una villetta indipendente: una scelta con cui il fascistissimo proteggeva l'isolamento che gli piaceva mascherare da tranquillità. Non avrebbe mai sopportato di vivere in un condominio, dover discutere con gente estranea di problemi come i rumori di vicinato, le spese comuni e la manutenzione dello stabile. Non voleva che qualcuno mettesse bocca nelle sue decisioni, doveva essere libero di curare o trascurare il giardino e il tetto, allo stesso modo in cui dava per scontata la propria signoria sull'educazione dei figli.

Dalle finestre si vedevano la Calabria e lo Stretto poco prima che sfoci in mare aperto, quel mulino di correnti dove lo Ionio sta per incontrare il Tirreno rendendo Messina la città dei due mari. I nomi dei quartieri che si susseguono sulla costa sembrano uno scherzo: Pace, Paradiso, Contemplazione. L'adolescente Aurora, non in pace, contemplava. Dietro le persiane di legno verde, chiuse un mese sí e un mese no perché c'era sempre un parente che moriva e bisognava osservare la penombra del lutto, Aurora spiava i silenzi dei pescatori e le avventure notturne delle lampare.

In casa Santatorre, siccome i primi due figli avevano occupato le stanze piú ampie e luminose, per Giovanni era stato riadattato un vecchio soppalco talmente vicino al soffitto che non ci si poteva stare in piedi senza curvarsi. Sotto quel tetto che sembrava piovergli in faccia, la notte lo svegliava la claustrofobia, e non faceva in tempo a riaddormentarsi che era mattina. Cosí, morto di sonno e senza il coraggio di dire perché, a scuola capitava che si addormentasse di colpo.

La libreria nel salotto dei Silini spaziava dalla saggistica alla letteratura, ogni titolo era stato filtrato dal fascistissimo. C'erano saggi di storia coloniale italiana e poesie di D'Annunzio, c'erano Croce, Gentile, Prezzolini. Aurora aveva chiesto al padre di comprare dei romanzi per lei, ma lui le aveva risposto che se proprio ci teneva poteva prenderli in prestito nella biblioteca scolastica. Lei iniziò a portare a casa la narrativa melensa e crudele che le davano le suore e si appassionò a quella. Nel suo romanzo preferito, la protagonista era una ricca adolescente orfana della madre, morta mettendola al mondo; in ogni capitolo la ragazza tentava di carpire l'affetto del padre, che viveva nel ricordo della moglie e non aveva mai perdonato alla figlia di essere nata. Nel gran finale il genitore sposava l'istitutrice della ragazza, da sempre innamorata di lui. Al matrimonio padre e figlia si abbracciavano per la prima volta.
Intanto, la libreria a vetri se ne stava inutilizzata e attaccata alle pareti come una cosa senza vita.

Giovanni disertò presto il partito. Si sottraeva piú alle aspettative che alle regole, che pure gli stavano strette: non aveva nessuna voglia di candidarsi in qualche lista di provincia, e ancor meno di comportarsi come «il figlio di». Decise di guardarsi intorno. Si avvicinò a ragazzi piú grandi, che già frequentavano l'università e i movimenti della sinistra extraparlamentare. Bazzicò diversi gruppi senza che nessuno lo convincesse fino in fondo. Fuori e dentro casa non perdeva occasione di criticare l'atteggiamento borghese e compiacente del Partito comunista e, prima che compisse diciott'anni, in sezione già parlavano di lui come di un altro compagno che sbagliava. Le discussioni con l'avvocato si facevano rumorose, una gara a chi stava piú a sinistra, uno scontro che a Giovanni piaceva vincere sbattendo la porta o solo alzando le spalle. Al liceo non si trascinava piú svogliatamente come ai tempi della scuola dell'obbligo, studiava con passione storia e filosofia, usava le interrogazioni come palestre di dialettica. Una mattina fece a botte con i fascisti. Aveva una gran paura del sangue, però era cosí orgoglioso e stordito dal suo stesso gesto che non s'era accorto di grondarlo, e la sua noncuranza fu scambiata per temerarietà almeno finché non prese atto con terrore di essersi macchiato. Per l'impressione svenne, ma troppo tardi: lo status di eroe gli rimase appiccicato addosso a lungo.

Fingeva di non badare all'euforia, la quindicenne Aurora, uscendo in giardino per la prima sigaretta della sua vita. Il tabacco si era sbriciolato, la cartina mezza bucata stava in tasca dalla mattina, quando l'aveva ricevuta in cambio di una versione di greco pressoché perfetta. Passando il compito aveva abbassato le ostilità: ora poteva dimostrare alle compagne di non essere soltanto quella che sapeva la lezione a memoria, la secchiona intoccabile il cui padre, con le due figlie e relative rette annuali dall'asilo alla maturità, era trattato dalle suore come un patrocinatore. Purtroppo non aveva potuto accettare l'invito a fumare in bagno: una tosse improvvisa o altri scivoloni avrebbero tradito che per lei era la prima volta. Aveva bisogno di una prova generale. Privata.

Si mise spalle al muro e prese coraggio. Tossí, però il sapore non era male. Le cadde lo sguardo sulle erbacce che spuntavano tra una mattonella e l'altra; che incuria, che spreco, pensò con stizza. Poi arrivarono lo schiaffo in faccia e un dolore alla nuca, come se gliela stessero strappando. Il fascistissimo la trascinò per i capelli dentro casa. Cretina, urlava, ho una figlia cretina, manco le cose di nascosto sa fare, io sono stato in guerra in Africa e mi lascio prendere in giro da una cretina. Aurora piangeva, il padre imprecava, i fratelli pensarono con sollievo che per una volta non era toccato a loro.

I primi due figli dell'avvocato Santatorre si erano laureati in Giurisprudenza seguendo il corso naturale del proprio cognome. «Che farà il prossimo anno?», si chiedeva la madre poco prima della maturità dell'ultimogenito, ansiosa perché il figlio eludeva la domanda. «Deciderà da sé», la rassicurò il marito una sera, prima di addormentarsi. Giovanni di fare l'avvocato non ne voleva sapere e a suo padre bastava la fatica di avere instradato i primi due. Sarebbe stato impegnativo tenerlo a bada, se non addirittura tenergli testa, non era un ragazzo facile e gli portava fin troppe discussioni dentro casa. Almeno allo studio, l'avvocato voleva starsene tranquillo. «Non è che tutti i Santatorre devono studiare Legge, lasciamogli fare quello che preferisce», concluse.

Da bambino Giovanni voleva diventare medico, gli piaceva l'idea di aiutare gli altri. Ma c'era il problema del sangue, e di questa debolezza si vergognava troppo per affrontarla pubblicamente. I ragazzi dei movimenti extraparlamentari che aveva incrociato erano tutti iscritti a Filosofia. Siccome studiare da rivoluzionario gli interessava, decise di seguirli.

Qualche anno dopo anche Aurora si diplomò e poté lasciarsi le suore alle spalle. Lo studio non l'aveva tradita: grazie al massimo dei voti e alla menzione speciale del collegio i genitori decisero di risparmiarle il concorso alle poste, carta di riserva dei Silini per i figli meno dotati. Stabilirono che sarebbe diventata maestra, unico mestiere che il fascistissimo ritenesse adatto a una donna. Mentre aspettavano il bando del concorso a cattedra, Aurora ebbe il permesso di iscriversi a Lettere: il padre pensava di parcheggiarla lí per un po', per non tenersela in casa tutto il giorno, sperando che quella figlia cosí sgobbona da sembrargli scema vedendo uno spicchio di mondo si svegliasse. Silenziosamente, Aurora esultava.

L'idillio fra Giovanni e l'università durò poche sessioni. La sua retorica, rodata coi compagni e con le ragazze, messa di fronte a una cattedra si rivelò insufficiente. Per quanto Giovanni studiasse e si impegnasse, con i professori gli veniva fuori un miscuglio confuso di slanci insurrezionali e buona educazione. Interrompeva le lezioni per dire la sua quando non era d'accordo, tirava fuori nomi di critici marxisti rimasti fuori dalle bibliografie canoniche, incuriosiva gli insegnanti fino a discutere con loro alla pari, ma non riusciva a fare come altri compagni, che non perdevano occasione per insultare i docenti, nei corridoi o agli esami. Politicamente era inquieto, passava da un gruppo all'altro, ogni volta con rinnovato entusiasmo; era sempre il primo a occupare le aule, stampare ciclostilati, improvvisare discorsi. Non si tirava mai indietro, non capitava mai che non avesse abbastanza tempo o abbastanza rabbia. Infine trovò casa nel Partito marxista-leninista.

Che sul compagno Santatorre si potesse contare sempre e comunque lo intuí soprattutto Gipo, un militante che viveva a Bologna ma tornava spesso nella sua città di origine. Gipo era figlio di amici dei genitori di Giovanni, aveva qualche anno piú di lui e a volte, da bambini, si erano incontrati senza mai legare. Rivedendolo, Giovanni fu colpito. Non era mai stato bello e non si era mai vestito bene, eppure adesso riusciva a sembrare interessante. Gli occhiali e la barba non curata gli davano un'aria di intelligente autorevolezza. A Bologna aveva già una moglie e due figli, tornava spesso a Messina a trovare la madre, il padre era morto. A Giovanni sembrò il ragazzo piú libero del mondo. Cominciarono a sentirsi e a scriversi anche a distanza. Giovanni ebbe l'impressione di essere diventato importante, l'avamposto di un grande movimento nella piccola e addormentata città sul mare.

Il giorno in cui entrò all'università per immatricolarsi, Aurora non poteva credere ai suoi occhi. Mai, neanche spiando le passeggiate in piazza o sul lungomare, si era trovata davanti, tutti insieme, capelloni, femministe, contestatori dall'aria intellettuale o semplici cialtroni alla moda. Cercando di sfuggire al controllo del fratello, addetto a scortarla, si sforzava di decodificare qualche slogan sul muro. «Che schifo, – fece il fratello sprezzante. – Come t'è venuto in mente di studiare in mezzo a questi idioti?» Aurora non rispose. Passò il dito sul foglio. Lettere, Lingue, poi senza pensarci segnò la sua croce: Filosofia. In fondo il padre le aveva imposto la facoltà, ma non si era pronunciato sul corso di laurea. Una volta tornata a casa si preparò ad affrontarlo e decise di mettergli sotto il naso la ricevuta di iscrizione. Ormai le tasse sono pagate, la domanda è consegnata, pensò, non può fare nulla. Lui alzò lo sguardo, scorse il foglio distrattamente, mugugnò un assenso e tornò a leggere il giornale.

Tutto ciò che accadeva lontano da Messina catturava l'attenzione di Giovanni, che trovava sempre il modo di ospitare i compagni di Roma, Bologna o Milano, di passaggio mentre andavano agli incontri importanti, a Palermo o Catania. Chi aveva bisogno di un posto dove dormire in città lo trovava a casa Santatorre, sul divano del salotto oppure nel soppalco, dove lui cedeva il suo letto preferendo passare la notte in cucina, a fumare e leggere. La madre non era contenta di quel viavai di sconosciuti; all'avvocato invece non dispiaceva intrattenerli dopo cena con liquore e tabacco, parlando di marxismi vecchi e nuovi. In quelle discussioni Giovanni non entrava. Si vergognava di tutto: del servizio buono con cui la madre serviva il caffè, delle battute del padre che gli sembravano suscitare solo risate di cortesia. Soprattutto si vergognava di quel vecchio comunismo che odorava di sconfitta e fallimento.

L'avvocato si vantava di aver contrastato il regime fascista, ma il picco delle sue gesta era stato nascondere le simpatie comuniste al suocero per sposare la donna di cui si era invaghito. Ogni volta che lo raccontava, la moglie alzava gli occhi, precisando che se lei, cristiana e ingenua, avesse saputo in tempo delle idee politiche del fidanzato non l'avrebbe mai sposato. Quando aveva scoperto la verità, aveva già il vestito pronto e la data delle nozze era stata fissata. Subito dopo il matrimonio, l'avvocato si era iscritto al partito con lo stesso senso del dovere con cui dopo la laurea si era iscritto all'ordine professionale. Nel Pci aveva fatto una discreta carriera, declinando gli inviti a ricoprire ruoli importanti perché, ripeteva, il lavoro e i figli venivano prima di tutto, non poteva permettersi il lusso di un'altra occupazione. Secondo Giovanni, suo padre stava in sezione a chiacchierare con gli amici come altri stavano in un circolo di bocce. A quel punto tanto valeva avere un genitore fascista o democristiano, come tutti.

L'università aveva dischiuso ad Aurora i propri cancelli insieme a un intero mondo di manifestazioni e collettivi. Lei ne fu frastornata, ma non tanto da lasciarsi scappare la prima occasione di tradire il padre: trovare conforto e speranza in una fede politica opposta. Da ragazzina Aurora non pensava che fosse possibile avere sul divorzio, o peggio sull'aborto, idee diverse da quelle respirate a casa e a scuola. Lei stessa, a tredici anni, disegnava svastiche sul diario cercando approvazione in famiglia. Entrando all'università, dalla dittatura del pensiero unico fu catapultata al mercato delle idee. C'erano il femminismo, il trockismo, l'anarchia. Aurora si chiese cosa si nascondeva dietro a ognuna di quelle promesse di libertà e decise di prendere tempo per fare la scelta giusta. I libri su cui approfondire non solo non erano proibiti, ma addirittura costituivano materiale obbligatorio di studio.

I primi giorni arrivava a lezione puntualissima e se ne andava con altrettanta precisione, per paura che un passo falso o un ritardo le costassero un ripensamento del fascistissimo. Invece la sua assenza da casa si fece subito naturale, come ai tempi della scuola, solo che ora c'era il modo per non perdersi dibattiti e assemblee, bastava barare un poco sull'orario delle lezioni. Anche il suo aspetto cambiò: non era più l'adolescente che si vestiva da fagotto o copiava le maglie strette e il trucco ostentato delle coetanee più disinibite. Comprò pantaloni di velluto a coste, maglioni a rombi, un paio di occhiali dalla montatura grande; lasciò i capelli morbidi e lunghi sulle spalle, niente trucco. Strinse le prime amicizie con una disinvoltura che sorprese lei per prima. Di uscire la sera non se ne parlava, ma tra gli impegni di studio e le ripetizioni, con le quali si era anche conquistata una discreta autonomia economica, il tempo fuori casa aumentò. Quando le assemblee andavano per le lunghe, la scusa era sempre la stessa: compagni, mi dispiace, domattina devo alzarmi presto per studiare. Cosí non doveva vergognarsi troppo di non avere la stessa libertà degli altri. Ancora una volta la sua credibilità passava attraverso il massimo dei voti, che le garantiva una zona franca in famiglia e rispetto in facoltà, dove tutti volevano stare nei suoi stessi gruppi di studio: agli esami collettivi il suo nome e la sua preparazione erano una garanzia di riuscita. Sui libri, Aurora scopriva un femminismo ferreo, orgoglioso. Poi rientrava in casa e non riusciva a parlare con la madre, che aveva fatto del distacco un'arte e della propria esistenza una depressione muta. La vita fuori e quella dentro l'università non si sovrapponevano ancora.

Quando poteva, Giovanni partiva. A marzo 1977, dopo l'uccisione di Francesco Lorusso, andò a Roma, al corteo, e poi a Bologna. La città sembrava il teatro dismesso di una guerra o di una catastrofe naturale. Gipo, esaltato, gli raccontò scontri eroici e sanguinosi, preannunciò un momento nuovo, una rivoluzione vicina, diceva che una simile unità nel movimento non c'era mai stata. Giovanni si sentí confusamente colpevole per non essere arrivato prima, ma quando tornò a Messina aveva un obiettivo nuovo. Le parole e lo sguardo di Gipo gli avevano detto che quello, piú che mai, era il momento di cambiare tutto, non gli bastava piú stampare o distribuire volantini. Usò i suoi risparmi per affittare in nero un bilocale, ci mise dentro piú sedie possibili, due tavoli, alcune macchine per scrivere, una libreria improvvisata, una piccola cucina e creò una sede per quelli come lui, che si erano avvicinati al Partito marxista-leninista quando già si stava sciogliendo e non erano ancora confluiti altrove. Funzionò. Tanti avevano voglia di dargli una mano, di fare qualcosa. Con il loro aiuto, Giovanni organizzò un corteo ambientalista contro un gruppo di ingegneri che lavorava al progetto del ponte sullo Stretto ed ebbe successo: parteciparono non solo studenti ma anche impiegati, disoccupati, operai, pescatori. Quel giorno a Giovanni sembrò che la politica fosse diventata finalmente una cosa di tutti. Nel giro di poche settimane però arrivò il caldo, all'inizio di maggio la morsa dell'euforia si allentò. La battigia era una terra di nessuno e anche i collettivi avevano ragione di pretendere un po' di sole.

Giovanni si spostò a Taormina, dove un cugino gli aveva proposto di lavorare come portiere notturno in un albergo. Era bassa stagione, l'ideale per godersi le ragazze straniere e le granite migliori, prima dell'invasione dei turisti. La sera, quando non lavorava, andava nei locali ad ascoltare dal vivo cover di cantautori italiani e del primo punk britannico; gli piaceva cantare e bere fino a tardi. Fumare erba non gli interessava, anzi lo infastidivano i fricchettoni reduci del Sessantotto che non si erano accorti di essere ormai in un'epoca nuova, nella quale non c'era posto per le evasioni, bisognava essere vigili e pronti alla rivoluzione.

A giugno il padrone del bilocale lo chiamò per dirgli che l'appartamento gli serviva, doveva tornare subito a svuotarlo. Giovanni fece il trasloco da solo, morendo di caldo e fatica. Non era il caso di mettersi a cercare un'altra sede, e poi all'improvviso si era accorto di essere rimasto indietro con gli esami. Gli sembrava che tutti i leader del movimento fossero laureati o non fuoricorso, e lui non doveva fare eccezione. Era passato troppo tempo dall'ultima volta che si era messo sui libri e il ricordo delle sue ultime prove non era certo esaltante, per cui decise di unirsi a un gruppo di studio, sperando di essere spronato da competitività e senso del dovere. Chiamò un vecchio collega che gli diede il numero di una studentessa della quale si dicevano meraviglie. Le telefonò e si accordarono per incontrarsi in un bar.

In Sicilia contro la luna

1.

Giugno 1977, le tre di un pomeriggio afoso. La ragazza scese dall'autobus vuoto e si guardò attorno con diffidenza; il sole picchiava sul cemento e sulle saracinesche abbassate della città vuota. Era aperto solo un bar con dentro due o tre persone. Tutte voci maschili, notò, meglio aspettare fuori, del resto l'appuntamento era davanti alla fermata. Scelse l'angolo d'ombra piú accogliente, a parte quello già occupato dall'unico altro essere umano in strada; si mise di spalle per non doverne ricambiare lo sguardo. Che stupida, accettare a occhi chiusi, solo sulla fiducia, che mi è preso?, si diceva, e dava la colpa al padre, ai divieti ottusi che le facevano dire subito sí a tutto ciò che le era proibito, prima di chiedersi se lo voleva davvero.

– Dunque sei tu miss trenta e lode? – chiese una voce divertita. Il ragazzo uscito dal ritaglio di ombra sorrise scoprendo denti bianchi e grandi, con una loro sensuale stortezza.

– E tu sei...?
– Che ti offro?

Lo seguí dentro il bar. Non era alto, e lei poco piú bassa. I riccioli sottili sulla nuca sembravano quelli di un bambino, aveva dita ossute e lunghe, in una mano teneva il pacchetto di sigarette e nell'altra ne stringeva una accesa.

– Per me whisky, per la signorina quello che vuole, – ordinò Giovanni, e subito si accorse di strafare; il dovere

di impressionarla lo rendeva spavaldo. Lei ordinò un caffè freddo che il barista macchiò di granita e panna.
– Non sarai a dieta? – chiese Giovanni vedendola fare una smorfia di disapprovazione.
Si era già invaghito delle mezzelune color nocciola nascoste dietro occhiali troppo grandi, delle cosce morbide soffocate in jeans troppo stretti, leggermente svasati e con la piega stirata.
– Com'è che sono tutti innamorati di te?
– Che ne sai? Non mi pare che ci stai molto, in facoltà.
La carta della simpatia non funzionava, la ragazza non sembrava abituata ai complimenti. Giovanni attaccò un monologo su come s'era perso, una sessione dopo l'altra. Parlò dell'appartamento in affitto, del successo della manifestazione contro il ponte sullo Stretto, fece il nome di Gipo vantandosi della sua amicizia. Finí il whisky prima che lei finisse il caffè e anche tutta la panna. Parlava e parlava e lei non lo interrompeva, al massimo ogni tanto girava il cucchiaino facendolo tintinnare contro il bicchiere vuoto. Non capiva se la stava annoiando o scioccando, e piú lei stava zitta piú lui esagerava. Tirò fuori la storia che una volta aveva organizzato una rapina a sfondo politico a un benzinaio; omise che il benzinaio, compagno e consenziente, aveva tirato fuori una cifra simbolica e la cosa era finita subito. Invece raccontò pomposamente che si era trattato di un esproprio proletario e che i soldi estorti erano andati a un doposcuola pomeridiano per i figli degli operai. Si fermò per spiare la reazione della ragazza, che strinse la borsa sulle ginocchia. Era solo il gesto impacciato di chi non sapeva dove mettere le mani, ma Giovanni, agitato dal whisky, si figurò che temesse uno scippo. – Mica sono un ladro per davvero, mio padre è l'avvocato Santatorre, – precisò. Lei spalancò gli occhi

e scoppiò a ridere: – «Lei non sa chi sono io»? E tu saresti il compagno piú a sinistra di tutti? – Cosí Giovanni passò il primo degli esami che lo separavano dalla laurea: quello di Aurora.

Cominciarono a prepararsi per la sessione autunnale. Il gruppo di studio andava riducendosi, qualcuno era partito per girare l'Europa in treno o in macchina, altri si erano spostati nella casa estiva dei genitori. Giovanni e Aurora si ritrovarono soli nella malinconica estate di città. A casa di Giovanni oppure nello studio dell'avvocato, dopo l'orario di chiusura, studiavano e si interrogavano a vicenda, riempivano di cicche portacenere improvvisati, si ubriacavano al pomeriggio, mischiavano i baci con i libri, si imponevano orari e scadenze e ogni tanto si fermavano, stanchi e soddisfatti, per barattare solitudini e ricordi d'infanzia. Si confrontavano sulle rispettive esperienze politiche. Aurora frequentava il Partito di Unità Proletaria per il Comunismo, nato dall'unione di PdUP e «il manifesto», dove erano confluiti molti fuoriusciti dal Pci. Giovanni invece era di nuovo solo, senza un partito da cui sentirsi rappresentato.
Nello studio, sulla scrivania dell'avvocato, c'era un mappamondo stellare. Giovanni lo ruotò.
– Sapevi che Sirio in realtà è due stelle?
– No. Riprendiamo dal capitolo dell'altra volta?
– Un sistema binario, sono due ma sembrano una. Vorrei chiamare mio figlio Sirio.
– Vuoi un figlio?
– Una figlia, veramente. Una piccola, deliziosa figlia dell'Aurora.
– Com'è che tuo padre lo tiene sulla scrivania? Ecco da chi hai ereditato questa mania per le stelle.

– No, a lui piacciono i mappacieli, a me i cieli. C'è differenza. Sai che per vedere il cielo piú bello della Sicilia bisogna salire sul vulcano di Stromboli? Ci sei mai stata?
– No.
– Tuo padre ti ha portata a Predappio e non alle Eolie?
Aurora gli aveva raccontato che un'estate il fascistissimo aveva stipato la famiglia in una roulotte e guidato fino in Romagna per portarli a un raduno, dove c'era anche Donna Rachele. Voleva che benedicesse i suoi figli, come un secondo battesimo. La vedova Mussolini li aveva stretti e baciati, parlando veloce con quel suo accento romagnolo sotto gli occhi orgogliosi del fascistissimo. I bambini, spossati dal viaggio, simulavano la devozione che ci si aspettava da loro. E poi, cos'altro ti ricordi?, aveva insistito Giovanni, e Aurora: una sensazione di solletico e saliva, una peluria bianca sul mento… Stai dicendo che la moglie del duce aveva la barba?, e insieme avevano riso.
– Ci andiamo, a Stromboli. Fidati, lo trovo io il modo di convincere tuo padre.

A fine agosto Giovanni si presentò a casa Silini con un mazzo di fiori e una giacca fresca di tintoria. Era giorno di scirocco, la camicia gli si appiccicava sul torace ma l'ansia di fare bella figura non gli avrebbe mai permesso di vestirsi in modo meno consono. La madre di Aurora serví il caffè in tazzine di porcellana che tirò fuori da una vetrina, un gesto evidentemente non quotidiano. Una era sbeccata, e Giovanni pensò che se sua madre fosse stata lí avrebbe avuto da ridire. Il fascistissimo, intanto, lo sottoponeva a domande mirate: che rapporto aveva con i genitori, quali progetti dopo gli studi, i motivi per cui non aveva voluto diventare avvocato come da tradizione familiare. Giovanni rispondeva con eleganza e spesso era sincero, qualche volta si compiaceva di stupire, quasi sempre di sedurre. Rosa, la piú piccola dei Silini, lo osservava incuriosita mentre gli altri ostentavano d'ignorarlo.

Il fascistissimo impiegò il tempo di un caffè per capire: Giovanni era brillante, intelligente, di ottima famiglia. Marxista-leninista o quello che era poco importava, gli eccessi a quell'età erano normali, anzi: dimostravano carattere. Meglio lui che uno smidollato, con la gente che c'era in giro si poteva ritenere soddisfatto. E poi, con il matrimonio, il ragazzo si sarebbe tranquillizzato. Lo invitò una seconda volta con i genitori e poi una terza, infine gli accordò il permesso di partire con la figlia, a patto che entrambi superassero a pieni voti la sessione autunnale; il fascistissimo aggiunse quella clausola ben sapendo che si trattava di un falso ostacolo. Dentro di sé faceva conto di aver già maritato Aurora. Se fosse tornata incinta, ancora meglio: i tempi per il matrimonio sarebbero stati maturi, senza bisogno di aspettare fino alla laurea. Giovanni era un bravo ragazzo, non si sarebbe mai tirato indietro. E il fascistissimo un po' di fretta ce l'aveva, con sei figli da sistemare. Sulla secondogenita non aveva mai proiettato grandi sogni; Giovanni rappresentava una conquista oltre le aspettative per quella ragazza cocciuta (certo non dolce e bella come la piccola, gli si strinse il cuore pensando a quando sarebbe toccato a lei andar via). Osservandola durante l'ultimo anno di scuola, si era convinto che Aurora sarebbe rimasta zitella, ecco perché aveva chiuso un occhio quando all'università aveva iniziato a passare del tempo fuori, con i coetanei. Non si era sbagliato, si complimentò con sé stesso, non si sbagliava mai.

Aurora era sbalordita. Per forzare la gabbia, era bastato un mazzo di fiori in omaggio nel pomeriggio giusto. Oppure la dialettica di Giovanni era davvero irresistibile, non solo per lei. Dov'erano finiti i divieti della sua infanzia? Si aspettava di essere costretta a urlare, a prendersi con la forza quello che desiderava. Aveva fantasticato di dover fuggire con il suo innamorato. La reazione del padre la confuse, ma decise di approfittarne. Si impegnò per passare al meglio la sessione di settembre.

Studiare insieme funzionò: trenta e lode per Aurora e un sospirato ventotto per Giovanni, il primo voto soddisfacente della sua carriera. L'indomani presero l'aliscafo lasciandosi alle spalle libri e libretto e arrivarono a Stromboli già sfiniti di baci; si stuzzicavano, si accarezzavano, si fermavano in spiaggia a discutere con i pescatori. Si arrampicarono sul vulcano per distendersi sotto un cielo di stelle fitte mentre i crateri sputavano lava. La mattina dopo ripartirono per non perdere i tre giorni del Convegno contro la repressione, presero di nuovo l'aliscafo, passarono la notte in treno e infine, stupiti e storditi, arrivarono a Bologna insieme a centomila altri.

Alla stazione c'era Gipo ad aspettarli, con le spalle appoggiate al muro, intento a leggere i giornali. Appena lo vide Giovanni fu assalito dai sensi di colpa, si vergognò del suo sorriso leggero, della sua abbronzatura inopportuna. Se a distanza poteva raccontargli di essere stato preso dallo studio, adesso era lí con Aurora, la sua vera e lampante distrazione.

Dentro il Palasport c'erano tutti, gli autonomi, il collettivo di via dei Volsci, gli ultimi indiani metropolitani. Migliaia di persone, centinaia di slogan. La romantica solitudine appena trascorsa all'ombra del vulcano sembrò fuori luogo anche ad Aurora. Ogni sera continuavano a dibattere nella cucina di Gipo, finché la prima luce del mattino non arrivava a illuminare i portacenere pieni, le bottiglie svuotate.

Due mesi dopo, a Messina, Aurora si ritrovò a vomitare dentro al bagno, il suo antico rifugio; stavolta però sotto la maglia non nascondeva i libri di latino ma pantaloni col primo bottone slacciato. Che le ore trascorse in gabinetto non dipendessero da una colite il fascistissimo lo capí subito, come anni prima aveva capito che Aurora usava il bagno per conquistarsi i nove in pagella. Ora bisognava solo sistemare tutto nei tempi giusti. Prese da parte Giovanni, lo guardò con la sua espressione piú terribile e gli ordinò di sposare sua figlia. Lui non aspettava altro. Il giorno dopo Giovanni e Aurora si guardarono con la faccia incredula di due bambini che, invece di essere puniti, sono stati premiati per una monelleria.

A Bologna Giovanni aveva conosciuto Peter, un ragazzo tedesco sposato con un'italiana. Vivevano a Berlino Ovest e Gipo li aveva invitati a partecipare al Convegno, convinto che il movimento italiano, agonizzante, potesse trarre forza da un'apertura internazionale. Avevano parlato della Raf e del sequestro di Hanns-Martin Schleyer; se Gipo e Giovanni vedevano in quell'industriale cristiano-democratico l'emblema del capitalismo occidentale, Peter si riferiva a lui semplicemente come *Nazischwein*, porco nazista. Importava solo che a vent'anni si fosse arruolato nelle Ss, le sue scelte successive non erano che la logica conseguenza di quel destino: rapirlo era stato piú che necessario e i compagni della Raf non avrebbero dovuto cedere su nessuna condizione. Quando il corpo di Schleyer fu ritrovato, Giovanni ripensò alle discussioni con Peter; allora l'indifferenza del suo amico lo aveva turbato, aveva cercato di rimuoverla. Adesso, però, si scoprí piú indulgente nei suoi confronti. Forse non bisognava temere gesti estremi. «Dobbiamo andare fino in fondo, proprio adesso che non si va piú da nessuna parte», gli aveva scritto Gipo nell'ultima lettera. Giovanni sentiva che il mondo lo ignorava, mentre era distratto dal matrimonio e dalla pancia di Aurora. Walter Rossi di Lotta Continua era stato ammazzato a Roma durante un volantinaggio antifascista; in risposta, il giorno dopo c'era stato un corteo a Torino dove, nell'attacco a un bar considerato fascista e borghese, era morto uno studente lavoratore. In Germania, tre capi della Raf erano stati trovati morti in carcere. Intanto le urgenze quotidiane di Giovanni erano di tutt'altro segno: accompagnare Aurora dalla ginecologa, fare tappezzeria agli incontri fra Santatorre e Silini che si accordavano su come dividere le spese del matrimonio e quelle dei mesi successivi, quando sarebbe arrivato il bambino. Giovanni si sentiva lontano dalle discussioni familiari ma ancora di piú, e con maggiore amarezza, dai fatti di cronaca. Non aveva soldi suoi, quelli che gli davano i genitori sarebbero serviti a mantenere la nuova famiglia. Aurora invece sembrava a suo agio nella nuova vita. Studiava ai soliti ritmi. Continuava a frequentare il vecchio gruppo del PdUP e aveva stretto i rapporti con alcune femministe. Partecipava a un gruppo di autocoscienza, la gravidanza la faceva sentire naturalmente emancipata, invincibile. Ottenne dal fascistissimo di sposare Giovanni con rito civile e non religioso. Era un punto su cui non aveva voluto sentire ragioni, guidata da una coerenza punitiva verso la propria infanzia cattolica. – Sei sicura? – insisté Giovanni, da sempre ateo senza troppi problemi. Aurora era sicura. Non aveva voglia di fingere. Invece a lui celebrare in chiesa non sarebbe pesato: il matrimonio ai suoi occhi si svuotava di senso ogni giorno di piú, tanto valeva recitare fino in fondo. Guardandosi intorno non trovava un modello. Non voleva che la sua nuova famiglia somigliasse a quella da cui veniva né a quella da cui veniva Aurora. A Bologna, Gipo si era separato dalla moglie; forse era vero che il matrimonio era una tomba borghese. Eppure a volte pensava di poter sopravvivere solo con Aurora vicino, insieme potevano farcela. Un figlio avrebbe dato a entrambi la forza di cambiare il mondo, di questo Giovanni era certo. Di notte combatteva la vecchia insonnia rintanato nel soppalco, lo sguardo fisso al soffitto, mentre dalla radio i Clash gli facevano compagnia.

Gipo tornò in città e incontrò Giovanni nello stesso bar dove Giovanni e Aurora si erano conosciuti, solo che ora la tramontana si portava dietro un'aria lucida e fredda. Gipo sedette senza togliersi il cappotto, era sintetico e stranamente diretto. Disse che non potevano piú aspettare, che avevano sempre parlato di rivoluzione ed era venuto il momento di farla. Fino a quel giorno aveva usato toni allusivi per riferirsi alle azioni armate; Giovanni sapeva che era vicino ai nappisti, ma domandargli di piú equivaleva ad ammettere di non sapere, di essere fuori. – Se ti stai chiedendo che futuro c'è per il movimento, sappi che il movimento studentesco è morto, – lo stroncò Gipo, e ogni evento o riflessione delle ultime settimane lo confermava: il Settantasette era finito prima del '77, prima ancora che si chiudesse l'anno solare. – Ma dimmi di te, hai un'aria strana, – chiese, e Giovanni trovò piú confortevole scivolare in quell'altro discorso: le preoccupazioni per il matrimonio, le aspettative familiari, la disinvoltura di Aurora, la propria inadeguatezza.

Sotto casa Santatorre si salutarono. Ma subito dopo Giovanni si girò a richiamare il suo amico.

– Oh, senti. Ho pensato, per il matrimonio... verrai, vero?

Il fascistissimo si godeva il suo momento, osservando come tutto stesse andando per il meglio. La secondogenita era in procinto di sposarsi, i maschi frequentavano ragazze con cui avevano diritto di divertirsi un po', mentre la dolce Rosa non solo non gli dava preoccupazioni ma era la sua pupilla, la sua gioia. Neppure diventare nonno avrebbe eguagliato una simile soddisfazione: la sensazione che, dopo una vita passata a raddrizzarle, ora le cose riuscissero a stare in piedi da sole. L'idea di stringere in braccio un neonato lo inteneriva. Rispetto a quello che il destino gli aveva riservato – la guerra, il lavoro in carcere, il matrimonio – per il fascistissimo la paternità era venuta sempre prima, e stava per vivere una paternità al quadrato. Sua figlia Aurora si scaldava al sole d'inverno («Papà, metto un tavolo qui davanti alla porta, con una sedia, farà bene a me e al bambino», e lui si era chiesto perché non ci avesse pensato prima, perché aveva lasciato che il cortile versasse in quelle sgraziate condizioni di abbandono). La pancia di Aurora gli sembrò all'improvviso un'opportunità. Una paternità priva del peso di ammaestrare, contenere, educare. Avrebbe potuto viziare il nuovo arrivato, divertirlo, comprargli il gelato, portarlo in giro, raccontargli aneddoti di guerra enfatizzando il proprio eroismo, regalargli ricordi di cui vantarsi con gli amici. Esagerare. Rilassarsi. Fare il nonno.

2.

– Bambina.
– Bambino, bambina, che cambia?
– Tutto. Non capisci. Sei la madre, come fai a non sapere che è femmina? Dovresti sentirlo, voi donne dite che esiste questa intuizione ancestrale.
– Non sto negando che sia femmina, sto dicendo che non lo so.
– Non è vero.
– Sí che è vero, e comunque non è importante.
– Come, non è importante?
– Lo dico apposta per farti arrabbiare.
– Secondo me questa pancia non è tua, te l'hanno attaccata sul corpo come una protesi.
– Ma sentilo.
– Non hai nessun istinto materno, anzi forse è che non esiste.
– Sei tu che non fai che parlare di quando sarai padre.
– Perché sarò perfetto. Il miglior padre del mondo.
– Ritardatario.
– Puntuale, invece. Buffone...
– Questo è sicuro.
– ... Buffone nel senso di divertente. E pure divertito.
– Cosa farò in mezzo a tanta perfezione?
– Starai a guardare?
– Dovrò studiare, piuttosto.

– Ecco, ti prenderai la tua laurea mentre io e lei ci divertiremo.
– È tardi adesso.
– L'hai detto anche un'ora fa, e due ore fa, e tre ore fa...
– Sí, ma adesso è veramente tardi.
– Perché, domani che hai da fare?
– Niente, le solite cose. A parte un appuntamento.
– Ma guarda, anche tu?
– Sí, una cosetta.
– Pure io, mi sbrigo subito.
– Non sarà la stessa cosa?
– Ah, non lo so.
– Io mi sposo.
– Ma dài, anch'io!
– Sí, ma io sposo la persona giusta.
– E mi sa che anch'io.

La mattina dopo, amici e parenti si presentarono in comune per il matrimonio.
Giovanni, con la faccia assonnata, la tensione e l'alcol della notte da smaltire, fumava stringendosi nella giacca. – Nemmeno il tempo di fartela sistemare, guarda come ti viene larga, – brontolò la madre. Giovanni si limitò ad annuire lasciando intendere che aveva ragione. Non gliene importava nulla della giacca, stava cercando di smettere di chiedersi cosa ci faceva lí, e questo bastava a tenergli la mente occupata.
L'avvocato, sua moglie, i fratelli con mogli e figli entrarono in sala e presero posto vicino alla famiglia Silini.
Aurora arrivò con pochissimo ritardo, a braccetto del padre, vestita di un abito color panna. Aveva rinunciato alla chiesa per tenere fede alla sua nuova coerenza politica e perché da piccola le avevano insegnato che le don-

ne rimaste incinte fuori dal matrimonio non meritano il sacramento, ma neanche per un istante aveva pensato di vestirsi di un colore diverso dal bianco, ultimo tributo al suo immaginario di bambina.

Giovanni, che l'aspettava sulle scale, la trovò splendida. Le preoccupazioni lasciarono posto a una fiducia immediata e totale nel futuro piú prossimo. Spense la sigaretta, la abbracciò, la baciò. – Mi dispiace ma proprio non ce la faccio ad aspettare, è una vera tortura tenermi lontano da sua figlia, – si scusò con il fascistissimo, che non sembrava affatto dispiaciuto di allentare la presa dal braccio di Aurora.

– Poi sei riuscito a dormire? – sussurrò lei.

– Sí, – mentí lui, – ora entriamo, però.

La sera prima, dopo averla salutata, aveva acceso una sigaretta dopo l'altra, messo su i Velvet Underground, finito il whisky chiuso nell'armadietto del salotto e infine era uscito a cercare conforto. Aveva bevuto in un bar, e poi per strada con un gruppo di conoscenti. Gli avevano offerto dell'erba e per una volta non aveva rifiutato. Era tornato a casa piú rilassato e si era fermato vicino al portone per continuare a fumare e godersi lo stordimento. Il matto del quartiere, che lo conosceva da quando era bambino, gli si era seduto accanto. Giovanni a un certo punto lo aveva abbracciato giurandogli che l'indomani non si sarebbe sposato, che era anche lui un uomo libero e non si sarebbe fatto mai fregare. Alle quattro era andato su e si era addormentato senza spogliarsi. Qualche ora dopo la madre l'aveva svegliato, i suoi erano già pronti, stavano uscendo per controllare i fiori nella sala del comune e gli ultimi dettagli, gli lasciavano la colazione e il bagno pulito. Giovanni si era alzato ed era andato a sposarsi.

Fu un rito intimo, con i parenti piú stretti e pochi amici. Giovanni era felice di vedere Gipo, che arrivò in ritardo e si sistemò in fondo alla sala. Il fascistissimo e l'avvocato scherzarono sui loro ruoli, il vecchio comunista e il vecchio fascista cui toccava restare uniti contro il nemico comune, i giovani d'oggi, ritardatari e senz'arte né parte.

Dopo le firme, Giovanni baciò Aurora a lungo, finché si sollevò un boato di scherzosa protesta.

Festeggiarono in un ristorante sul mare. Le famiglie si erano accordate su un posto neutro la cui specialità era il pesce dello Stretto. Era un giorno di Fata Morgana, uno di quelli in cui la luce rende la Calabria cosí vicina che sembra di poterla toccare, tanto che si raccontano storie su chi, impazzendo, si è tuffato convinto di poter raggiungere a nuoto la punta del continente.

Fra un piatto e l'altro Giovanni andò in bagno. Sul lavello c'erano la giacca di Gipo e i suoi libri. La porta del gabinetto era chiusa, Giovanni fu attratto dalla copertina del *Che fare?* di Černyševskij, che aveva letto durante l'ultimo anno di liceo dopo il *Che fare?* di Lenin. Era stato il suo ultimo libro di narrativa, poi solo doveri universitari e giornali e saggi. Ma in quel romanzo c'era tutta la possibilità di un rapporto tra uomo e donna fondato sull'uguaglianza, e trovarselo sotto gli occhi il giorno del suo matrimonio gli sembrò un segnale. Lo prese, lo aprí a caso, si trovò davanti un documento d'identità. La foto era quella di Gipo ma il nome era un altro, la professione: ingegnere, anche l'età non coincideva. Chiuse il libro e lo restituí al suo equilibrio precario sul lavandino, mentre il rumore dello sciacquone annunciava che il suo amico aveva finito, e ora toccava a lui.

Giovanni e Aurora dormirono per la prima volta nella casa che il fascistissimo aveva preso in affitto per loro; era minuscola rispetto a quelle in cui entrambi erano cresciuti e la battezzarono la casa in miniatura. A parte la camera da letto c'erano un ingresso arredato come un soggiorno, con un divano e due librerie, uno sgabuzzino con vecchi elettrodomestici che fungeva da cucinotto e un bagno tanto stretto che non ci si stava in due. Si inaugurò una stagione di risvegli romantici e pomeriggi dolcemente vuoti, e sere in cui Aurora andava a letto presto mentre Giovanni usciva a fumare in balcone osando sentirsi felice. Le luci della città gli impedivano di vedere le stelle ma lui giurava a sé stesso, ad Aurora e alla nascitura che la loro vita sarebbe stata fitta e luminosa come il cielo di Stromboli.

Per Aurora non era tutto facile come Giovanni pensava che fosse. Fin dal primo giorno di convivenza fu costretta ad ammettere che cucinare, pulire, tenere in ordine erano abitudini a lei sconosciute. Sua madre non le aveva insegnato nulla. Dai Silini era una governante a occuparsi delle cose di casa, le idee del fascistissimo sulle donne erano contraddittorie: non dovevano uscire o divertirsi, ma d'altro canto passare troppo tempo ai fornelli le avrebbe svilite, dovevano studiare per non apparire volgari ma senza esagerare per non farsi venire strane idee, non dovevano frequentare uomini però bisognava che appena raggiunta l'età accettabile per trovare marito si sbrigassero a renderlo orgoglioso e non finire zitelle. Aurora ripensava alle incongruenze della sua infanzia e provava sollievo per essersene liberata. Piú in fondo c'era una gratitudine indefinita per sé, per Giovanni, per il bambino. Restava il problema della vita quotidiana. Studiare era ancora la priorità: aveva fretta di laurearsi e lavorare per conquistarsi un'indipendenza economica della quale sentiva di non poter piú fare a meno e che avrebbe voluto regalare soprattutto al marito.

Una sera, tornando a casa, sul pianerottolo Giovanni sentí puzza di bruciato; aprí la porta temendo il peggio e trovò la moglie a leggere in soggiorno, avvolta dal fumo.
– Che hai?
– Dovrei chiederlo io a te. Cos'è questa puzza?
– Avevo provato a fare il pollo. Si sente molto? – Aurora era sinceramente stupita.
– Pensavo ti fosse successo qualcosa.
– Sí, qualcosa di terribile: io e la mia pancia avevamo fame!
– Non potevi aspettarmi? O andare a comprarti da mangiare?
– Comprare, comprare, perché dobbiamo sempre comprare? C'era il pollo, c'erano le patate, non sono mica un'incapace che non sa fare pollo e patate.
– E magari invece non li sai fare, ma io ti amo lo stesso.
– Chi ti ha detto che non li so fare?
Giovanni aprí la finestra per fare uscire il fumo.
– Neanche avessi bruciato la casa, – insisté Aurora.
– L'odore è quello.
– Tu pensi che io non sia capace di fare niente.
– Penso solo che quest'odore ti fa male. Dài, usciamo.
– Ma ho ancora fame.
– Andiamo a farci una pizza.
– È venuta tua madre questo pomeriggio, ha portato da mangiare.
– Cioè?
– Parmigiana, pasta al forno.
– Allora perché hai voluto cucinare?
– Avevo voglia di pollo.

Mentiva. Quando la signora Santatorre era entrata in casa con l'ennesima sporta piena di roba, Aurora aveva sentito una fitta di gelosia. I suoi sforzi per essere moglie, compagna, mamma: vanificati. La libertà che lei e Giovanni si erano comprati con il matrimonio: usurpata. Lo sguardo di sufficienza con cui la suocera era venuta a portare il pranzo l'aveva fatta esplodere. Perché dovevano mangiare quello che voleva lei e non quello che c'era in casa? Aveva simulato la consueta cortesia, ma una volta rimasta sola aveva aperto il frigo e preso un pollo. Si era messa a separare le ali dal petto e dalle cosce, aveva pelato e tagliato le patate, poi aveva buttato tutto insieme in una teglia con poco olio e troppo sale e infornato cosí, dimenticandosene un minuto dopo. La puzza di bruciato l'aveva sorpresa sul divano, mentre sottolineava uno dei libri per il prossimo esame. Si era alzata di corsa, ma niente da fare.

– E allora, se vuoi il pollo, andiamo a mangiare il pollo, – le propose Giovanni con dolcezza.

– Ma no, era un capriccio, la roba che ha portato tua madre va bene, – tagliò corto Aurora.

Dopo cena, a letto, parlarono un po'. Nessuno dei due aveva il coraggio di ammettere la solitudine: la casa, per quanto in miniatura, certi giorni sembrava fin troppo grande e vuota. Si erano aspettati che diventasse un'alcova, un punto di ritrovo, come era stata per Giovanni la sede del movimento, invece Gipo era ripartito subito e i vecchi compagni non avevano ancora preso l'abitudine di andare a trovarli. Aurora e la sua pancia, del resto, potevano muoversi pochissimo. Sembrava che tutto accadesse sempre da un'altra parte. – Non dobbiamo chiuderci, – le ricordò Giovanni, – la famiglia è solo parte di un progetto piú grande.

Il giorno dopo Aurora trasformò lo spazio attorno al divano in un ritrovo per il dibattito perpetuo, e a poco a poco i vecchi compagni tornarono, insieme a nuove conoscenze, soprattutto studenti e operai. Pochi sindacalisti, considerati ormai una corporazione. La casa in miniatura si riempí di visi, voci, discussioni. Aurora organizzò una riunione del PdUP attorno al suo divano; una coppia che lavorava il legno si presentò con un trenino costruito apposta per il bambino. Aurora era felice, ma a Giovanni continuava a mancare qualcosa. Il gruppo della moglie, formato perlopiú da fuoriusciti dal Partito comunista, secondo lui si accontentava di troppo poco. Continuava a pensare alla necessità della lotta armata di cui Gipo gli aveva parlato l'ultima volta che si erano visti, e si rimproverava di non avergli chiesto di piú. Provò a chiamarlo a Bologna ma il telefono risultava staccato. Finché, una mattina che Aurora era a lezione, fu Gipo a chiamare.

– Dove sei?
– Che importa. Come stai? Aurora? La pancia?
– Cresce.
– È lí con te?
– È a lezione. Dimmi.
– Arrivo domani.
– A che ora?
– Ti chiamo alle quattro, vediamoci, vieni da solo.
– Vediamoci, – confermò Giovanni, ma Gipo aveva già messo giú.

3.

Aldo Moro era stato sequestrato, il paese parlava solo delle Brigate Rosse. Giovanni si preparò all'incontro con Gipo provocando suo padre sull'argomento. – Lo ucciderete, – rispose l'avvocato, accomunando in un'unica generazione tutto ciò che stava a sinistra del partito. Voi chi?, continuò a pensare Giovanni: era da tempo che non si sentiva parte di un «noi». Quell'accusa generica, buttata lí, gli diede una scarica di adrenalina: in quel voi c'era posto per chi stava facendo tremare l'Italia e forse c'era posto anche per lui.

Gipo diede appuntamento a Giovanni a un bivio che portava verso i colli sopra la città, Giovanni arrivò in macchina e Gipo era già lí. Si stupí di trovarlo tranquillo, con i soliti giornali in mano. – Facciamo due passi, devo parlarti, – cominciò Gipo prendendolo sottobraccio, – certo che non è male questo sole...

– Ma che combini? Dove sei stato?
– Mi hai cercato?
– Ti ho chiamato a Bologna qualche volta. Spesso –. Poi, dopo un attimo di esitazione: – Ho sbagliato?
– No, ma lascia perdere.
– Perché?

Gipo rise. – Hanno affittato l'appartamento a delle puttane, ora come ora ti risponderebbero loro.

– E tu?
– In giro. Genova. Un po' a Milano.
Non c'era bisogno di aggiungere altro. Le Brigate liguri stavano colpendo le industrie di tutta la regione; quanto a Milano, Sesto San Giovanni veniva chiamata la Stalingrado d'Italia.
– Vengo anch'io, – scattò Giovanni.
– Dove? Ma no, c'è Aurora.
– Che c'entra?
– Come che c'entra, vi siete sposati, la ami.
– Sposati non importa, anzi, proprio perché la amo devo fare il necessario.
– Belle parole.
– Non sono parole.
– E perché vorresti venire?
Giovanni pensò che Gipo gli stesse facendo un provino, e desiderò superarlo al primo turno. Devi reclutarmi, voleva urlare, sono l'uomo perfetto, perfetto per voi, non vedi?
– Perché il mondo mi fa schifo.
– Questo l'hai già detto quando ti sei iscritto all'università.
– Quando mi sono iscritto all'università era un altro mondo, e poi pensavo ancora che si potesse cambiare pacificamente.
– E ora?
– Anche tu ne eri convinto.
– No, non sai di cosa ero convinto.
– Comunque ora lo sappiamo tutti e due. L'università non era il posto giusto, ma da qualche parte bisognava cominciare, qui non c'è niente.
– Non ti vuoi laureare? Non vuoi piú fare carriera universitaria? Tuo padre ne sarebbe contento.

Ora sembrava che Gipo lo stesse prendendo in giro.

Giovanni ripassò le sue ultime risposte e si sentí a disagio: era stato impulsivo, inaffidabile. Forse le loro strade si erano già divise il giorno del matrimonio, quando entrambi erano diventati ufficialmente qualcun altro: Giovanni un marito e Gipo un clandestino. Però Gipo non era cosí ingenuo da dimenticare un documento falso sul lavello. Forse era stato un invito, un incoraggiamento, e lui non lo aveva colto.

– Carriera non l'ho mai voluta fare, e mio padre non sarà contento comunque.

– Avrai un figlio.

– A maggior ragione devo fare qualcosa.

– Dici cosí, poi quando lo guarderai negli occhi non vorrai fare piú niente.

– Ma se anche tu ne hai due.

Gipo si rabbuiò e Giovanni si pentí di quell'accenno. Sapeva che non vedeva piú i suoi figli, della ex moglie non parlava piú.

– Non è la stessa cosa, – rispose infine.

Non si arrende mai, non poté fare a meno di notare Giovanni. E non voleva arrendersi nemmeno lui, ma la sicurezza per dirlo in modo schietto gli mancò. Fu Gipo a parlare per primo.

– Come va l'università? Stai studiando?

– Certo.

Camminarono un po' in silenzio, fumando sigarette. Giovanni aveva anche dell'erba, negli ultimi tempi aveva cominciato a usarla da solo, fuori casa, in macchina vicino al mare. Aurora non se n'era mai accorta, ma grazie a quei momenti rubati lui si sentiva decisamente meglio. Pensò di condividerla con Gipo, poi si ricordò di quando disprezzavano insieme gli inconcludenti che anziché contribuire alla lotta contro lo Stato perdevano tempo a rincretinirsi con le droghe.

Qualche settimana dopo, Aurora uscí in balcone a prendere aria. Dentro faceva troppo caldo, la pancia le rendeva tutto faticoso, piú che respirare le sembrava di ringhiare. Nelle ultime settimane si sentiva grassa e brutta, la pelle aveva perso la luminosità dei primi mesi di gravidanza. Scorse Giovanni che tornava a casa, curvo e con le mani in tasca. Sembrava rimpicciolito, sbiadito. Non gli basteremo mai, pensò, eppure continua a ripetere che diventare padre è tutto ciò che desidera.

Nella casa in miniatura, durante una delle sere in cui si beveva troppo e ci si fumava su, capitò un ex compagno di classe di Giovanni. Si abbracciarono sulla porta.
– Ma allora vedi che sei tu. M'avevano detto andiamo dai Santatorre, ma non ero sicuro... Non sapevo che ti fossi sposato.
Aurora aspettò che il marito facesse le presentazioni, ma appena attaccarono a parlare senza curarsi di lei annunciò che aveva sonno. Giovanni la congedò con un bacio:
– Vai pure, noi non facciamo tardi. – Non è un problema, io però devo dormire, – e salutò, perché gli occhi le si chiudevano. Succedeva sempre piú spesso, in soggiorno i compagni facevano notte mentre lei sentiva il bisogno di riposare dieci, undici ore, anche perché nel sonno la pancia la svegliava di continuo.
Poi tutti se ne andarono e Giovanni e il suo vecchio conoscente rimasero soli. Al liceo si erano frequentati poco, all'epoca Luigi non era ancora interessato alla politica. Dopo il liceo si era iscritto all'università a Cosenza, dove aveva incontrato i Primi fuochi di guerriglia, di cui ora fa-

ceva parte. Il gruppo si era formato in Campania e si era poi esteso in Calabria, Basilicata, Puglia, facendosi notare per alcune azioni di disturbo all'Italsider di Taranto.

Giovanni ascoltò il racconto delle azioni che avevano portato avanti fino a quel momento. Era un sollievo, dopo le contorte discussioni con Gipo, con cui era sempre stato tutto un faticoso alludere e sottintendere. Era ancora umiliato dall'ultima volta e dal silenzio che ne era seguito: ma come, lui era pronto a prendere le armi e Gipo lo liquidava cosí?

Luigi era in contatto con gruppi calabresi e napoletani ed era convinto che bisognasse estendere gli attacchi alle fabbriche siciliane. Giovanni sorrise. Quali fabbriche? Luigi parlava come se non conoscesse la regione in cui erano nati, ma in quella foga ingenua trovò lo spiraglio di un riscatto.

Nello stesso giorno di maggio furono ritrovati i corpi di Aldo Moro a Roma e di Peppino Impastato a Cinisi. Giovanni aveva incontrato Peppino a Palermo una volta sola, durante la protesta a fianco dei contadini espropriati, contro la costruzione della terza pista dell'aeroporto. Aveva poi seguito il gruppo «Musica e cultura» e salutato con favore la nascita di Radio Aut. La notizia della sua morte lo spiazzò. Il tritolo, l'ipotesi del suicidio. Giovanni andò a Cinisi per il funerale, insieme a un ristretto gruppo di compagni fra cui Luigi. Sarebbe dovuto tornare subito a Messina, invece chiamò Aurora per avvertirla che doveva trattenersi per motivi gravi, gliene avrebbe parlato al ritorno. Era nervoso e sbrigativo, e Aurora non riuscí a dirgli che le mancava, che aveva paura di partorire da sola.

Quando venne il momento, non sapeva nemmeno a che numero telefonare per parlare con il marito. Chiamò il pa-

dre, che si precipitò ad accompagnarla in ospedale. Nel giro di poche ore, arrivarono le famiglie Santatorre e Silini.
– Ma mio figlio dov'è? Se ne doveva andare proprio ora? – urlò la madre di Giovanni.
– Non potevamo prevederlo, e comunque non mi manca nulla –. Aurora si ricordò di aggiungere: – Grazie a tutti voi, per fortuna –. Era già stata disapprovata perché, anche col pancione, non aveva mai rinunciato a frequentare le lezioni e fare gli esami. Il giorno in cui Moro era stato sequestrato era scesa in piazza a manifestare con gli altri. «Non ti preoccupi per il bambino?» le chiedevano i parenti. E lei sviava utilizzando la certezza di Giovanni: «Macché bambino, è una bambina». Adesso era lí, immobile, con tutti quegli occhi puntati addosso. Si fece forza.

Aurora e Giovanni avevano deciso che si sarebbe chiamata Mara. Come la ragazza di Bube, aveva detto Aurora. Come Margherita Cagol, aveva aggiunto Giovanni. Margherita, detta Mara, la moglie di Renato Curcio, morta pochi anni prima.
La bambina nacque con enormi pupille nere e fissò tutti con aria interrogativa. L'avvocato e il fascistissimo convennero su un punto: uno in tribunale e l'altro in carcere avevano incontrato mafiosi e assassini, eppure nessuno li aveva spaventati allo stesso modo. – Lo sguardo di questa *picciridda* mi inquieta piú di quello dei delinquenti, almeno loro parlano! Certo, meno di quello del mio professore di matematica quando mi doveva interrogare, – aggiunse l'avvocato soddisfatto, e tutti attorno risero.
Giovanni arrivò molte ore dopo. Il fascistissimo lo accolse con gli occhi ancora lucidi e una bottiglia di champagne.

4.

Il giorno in cui Mara compí un mese Giovanni annunciò a sua moglie che avrebbero ospitato un compagno conosciuto a Cinisi. Si chiamava Daniele e si sarebbe fermato soltanto per una notte.

– Chi è? – cercò di capire Aurora.

Da quando la bambina era nata niente andava come doveva. Giovanni non mostrava dispiacere per non esserci stato nelle ore del parto. Passava da un'euforia appiccicosa verso la figlia a preoccupazioni per un peso che non era disposto a condividere e lo rendeva indifferente a tutto il resto.

– Un amico di Luigi, – rispose mettendosi sulla difensiva, evidentemente disturbato dal tono di Aurora.

– Luigi non mi piace.

– L'hai già detto.

– Non sarebbe piaciuto neanche a te, fino a un po' di tempo fa.

– Sei sicura?

– Ti ricordi cosa dicevi dei fanatici?

– Mi ricordo che nostra figlia si chiama Mara perché credevamo...

– Ma basta con questa storia! Si chiama cosí perché ci piaceva il nome. Ti sei dimenticato com'eri, quello che criticavi, le cose che ti facevano schifo.

– Cos'è che mi faceva schifo, scusa? Era morto Moro quando ci siamo conosciuti?

– Appunto. Quindi cosa facciamo, ammazziamo tutti quelli che non la pensano come noi?

Giovanni ricordava benissimo il sé stesso a cui Aurora faceva riferimento. Pensò che il mondo stava cambiando, l'Italia stava marcendo, pensò che ogni mese era peggio del precedente. All'improvviso non ebbe piú voglia di giustificarsi, non si vergognava di essere un altro, era quel vecchio Giovanni a sembrargli un codardo e un ingenuo. La guerra è guerra, pensò.

– Senti, io non ho mai detto che la lotta armata fosse sbagliata in assoluto.

– Sí invece, dicevi che...

– Stai parlando di una vita fa.

– Non voglio nessuno in casa, né stasera né mai, va bene?

– Stai chiudendo la porta in faccia a un compagno.

Aurora non rispose. Sentirsi dare della borghese le bruciava, era ancora spaventata dall'essere etichettata come la degna figlia di un padre fascista. Se c'era una cosa che piú di ogni altra legava Aurora e Giovanni era la voglia di dimenticare ciascuno il proprio marchio di origine, il proprio cognome.

Giovanni rientrò con il suo amico. Daniele evitava di guardare Aurora e lei evitava di guardare Giovanni, che come al solito aveva la testa da un'altra parte.

Suonarono alla porta. Con la scusa di passare il tempo con la nipotina, la signora Santatorre si faceva vedere sempre piú spesso. Giovanni e Daniele uscirono e la suocera aggredí Aurora.

– E questo chi è? Da dove spunta?

Aurora scosse la testa. Era irritata, non aveva voglia di rispondere.

– Scompare quando tu partorisci e poi si porta dietro uno sconosciuto, non riconosco piú mio figlio, e tu non gli dici niente? Non lo controlli?

Mara si agitò e Aurora quietò figlia e suocera facendone un tutt'uno: – Tranquilla, non è niente.

– Non avete un lavoro! E lui non studia piú! Una donna deve occuparsi di suo marito.

Giovanni e Daniele rientrarono tardi. Quando Giovanni si mise a letto, la moglie era ancora sveglia.

– Nostra figlia ha diritto di sapere qualcosa su chi dorme in questa casa.

– Non mi sembra che stia protestando. Forse è sua madre che non si fida? Pensavo credessimo in un progetto.

– Voglio sapere chi è la persona che dorme a casa nostra, visto che questa famiglia l'hai voluta anche tu.

Mara si svegliò, Aurora si alzò e la raggiunse. L'indomani avrebbe compiuto ventidue anni. Un compleanno, chissà se ne vale la pena, si disse, e poi: che pensiero stupido. – Mara Santatorre, dovresti già saper parlare per farmi gli auguri.

Il giorno dopo Giovanni e il suo amico uscirono appena svegli, poi Daniele sarebbe ripartito. Giovanni diede un bacio alla moglie con la promessa di comprarle una torta e un regalo. – Quando torno festeggiamo, – la salutò. Rimasta sola, con Mara in braccio, Aurora andò ad aprire la valigia dell'ospite, e trovando l'arma che si aspettava di trovare strinse piú forte la figlia e telefonò a suo padre.

Neanche un'ora dopo il fascistissimo se la riportò a casa insieme alla nipote.

5.

Non l'avrebbe definito un compleanno strano o assurdo: era semplicemente fuori sincrono. Casa Silini era di nuovo il guscio del malcontento, non una casa ma una gabbia ancora invasa dalle voci dei fratelli, dalla sovranità del padre, dall'apatia della madre. La rabbia di Aurora somigliava in modo insopportabile a quella di un tempo. Sul muro sopra il letto, fissata da quattro puntine da disegno, c'era una foto che la ritraeva con Giovanni. Erano a Bologna, lei con un sorriso fiducioso, lui con i capelli scompigliati. Aurora guardò fuori, in cortile, la sedia e il tavolino che aveva usato per starsene al sole nei mesi in cui era incinta. Arrugginiti e vuoti, entrambi. Staccò la foto dal muro.

Vestiti alla rinfusa, pentole e piatti accumulati nel lavello: pochi giorni dopo che Aurora se n'era andata, la casa in miniatura versava in uno stato penoso. Una stalla, somiglia a una stalla, disse Giovanni ad alta voce girandosi per schiacciare la sigaretta nel portacenere sul comodino. Il suo amico se n'era andato, aveva anche fatto il suo dovere di rivoluzionario. Fumare a letto era una delle godurie rese possibili dalla lontananza di sua moglie, e – doveva ammetterlo – anche della bambina. Non essere costretto a nascondere il piacere di una canna, di una bottiglia, il sollievo di starsene senza far niente in mezzo a lenzuola stropicciate. Parlare da solo, lamentarsi o inveire senza avere fra i piedi nessuno a cui dimostrare di essere all'altezza di qualcosa. Ma che cercano a quest'ora, cosa vogliono da me, mugugnò, e dopo essersi messo il lenzuolo sugli occhi per ripararsi dalla luce, Giovanni voltò le spalle al telefono che squillava e si riconsegnò incondizionatamente al sonno mattutino degli insonni.

– Quello non risponde e comunque non possono comportarsi come gli pare, – sbottò il fascistissimo, e l'avvocato dall'altro lato della cornetta si disse d'accordo: bisognava riprenderli per i capelli, spiegar loro per bene gli oneri di un matrimonio.
Aurora sentiva suo padre parlare al telefono mentre, con la porta aperta, si fingeva occupata a lavare Mara. Rosa, la sorella piú piccola, entrò in bagno per aiutarla. Per qualche minuto non si dissero niente finché Aurora non scoppiò a piangere. – Scusa, – singhiozzò, e Rosa l'abbracciò provando a tranquillizzarla: – Dài che ora passa –. Non significava nulla, ma Aurora si sentí meglio. Fino a quel momento nessuno le aveva chiesto quale fosse il vero motivo per cui se n'era andata. Suo padre non l'avrebbe neanche presa sul serio se non gli avesse detto che aveva paura per Mara. Lui l'aveva avvertita: «Non voglio sapere perché, non voglio entrare nei fatti vostri». Il fascistissimo escludeva la possibilità di dare ai colpi di testa di Giovanni dignità di discussione. Bisognava solo che quelle stupidaggini passassero: tutto passava, specialmente la gioventú. Promise alla figlia che l'avrebbe fatta tornare a casa in un modo o nell'altro, la bambina aveva bisogno di un padre e lei di un marito. Aurora si aggrappò a quella promessa. Giovanni era pur sempre suo marito e anche se lo odiava per averle mentito, per averla fatta sentire un'estranea, per non essersi preoccupato di Mara, sapeva che sarebbe basta-

to poco per perdonarlo. Confidava in un atto di forza del fascistissimo: laddove lei stava fallendo, sarebbe riuscita l'autorità di suo padre. Si vergognava di questo pensiero, che Giovanni avrebbe disprezzato, eppure lo usava come conforto mentre Rosa distraeva la bambina.

Il fascistissimo era disposto a ogni compromesso: che altro poteva fare? Tenersi la figlia a cui i Santatorre avevano dato un marito, del quale lui per primo si era mostrato entusiasta? Non era solo Giovanni a doversi assumere le proprie responsabilità, ma anche i genitori. I Santatorre erano gente perbene ma l'avvocato aveva usato troppo poco il bastone con i figli e in particolare con l'ultimogenito, imprudente e abituato a fare ogni cosa a modo suo. Se non sapeva come comportarsi gliel'avrebbe fatto capire lui, in maniera inequivocabile.

Non ce ne fu bisogno. Quel pomeriggio l'avvocato e il fascistissimo si misero d'accordo. Discussero nei dettagli una strigliata epocale per Giovanni, poi stabilirono che Aurora doveva smettere di fare la vittima e considerare l'idea di rinunciare all'università per stare vicina al marito. Se un uomo è distratto vuol dire che qualcosa non va nel suo matrimonio, conclusero; probabilmente c'entrava la bambina, lo sappiamo come sono le donne quando arriva un figlio, si allontanano da tutto, e poi il primo figlio, ah come impazziscono con il primo figlio. Si salutarono complici e convinti di aver intaccato il cuore del problema ma, rientrando, il fascistissimo trovò una sorpresa: Aurora e Mara non c'erano piú. Giovanni era venuto a riprendersele, spiegò Rosa, e tutti pensarono che era meglio cosí.

Giovanni si era deciso dopo una nuova discussione con Gipo. L'aveva rincontrato orgoglioso di potergli buttare in faccia quello che aveva combinato con Daniele: visto?, voleva urlare, tu non mi hai voluto ma mi sono dato da fare lo stesso.

– E poi ce ne siamo andati e il giorno dopo sul giornale non c'era niente.
– Non vi ha visti nessuno?
– No.
– E come siete tornati?
– Abbiamo preso il traghetto.
– Senza biglietto?
– No, ce l'avevamo. Perché?
– Cosí, per sapere.

Giovanni non ribatté, distese le gambe e inclinò il sedile per sdraiarsi meglio. Aprí lo sportello sotto il cruscotto e, stavolta senza pensarci, tirò fuori erba, cartine, accendino.

– Che fai? – chiese Gipo preoccupato.
– Non ti va?
– Non mi va per niente, ma poi qui, adesso, sei scemo?
– Che può succedere?

La Renault 4 di Giovanni era parcheggiata con il muso verso il mare in una traversa stretta e buia.

– Mi sa che non hai capito un cazzo. Non è piú come prima. Pensi che mi posso permettere di rischiare... – Gipo si interruppe ma Giovanni aveva capito benissimo.

– Non ci beccano. Non è mai successo, fidati, – sentiva crescere una piacevole arroganza.

– Meglio se scendo a prendere aria, – annunciò Gipo, e cosí fece. Giovanni lo seguí. In piedi, accanto alla macchina, si dissero quello che si dovevano dire.

– Hai creduto davvero che potessi fare qualcosa per voi?

– Forse sí. Ci stavamo pensando.

Nessuno dei due nominò mai le Brigate Rosse.

– E io ci ho già pensato. Non ho fatto bene?
– Hai fatto una cazzata. Tu e quell'altro. I Fuochi di guerriglia... ma come ti è venuto in mente?
– Cos'altro c'è qui?
– Quelli non hanno mai avuto senso. Potevi aspettare.
– Aspetto da quando sono nato.
– Adesso, se ti schedano, sarebbe un casino.
– Non credevi in me neanche prima.
– Cosa ne sai?
– Forse ho avuto fretta, – ammise Giovanni. – Ma non puoi darmi un'altra possibilità?
– Volevo darti la prima.
– Non ho fatto niente di irrimediabile.

Gipo non rispose. Chiese solo di essere accompagnato alla stazione. Nel salutarlo fu affettuoso: – Allora, com'è la bambina?

– Aspetta –. Giovanni cercò in tasca, tirò fuori dal portafogli una foto di Mara e Aurora.

– Bella. Belle tutt'e due, – disse Gipo rendendogliela e tradendo uno sguardo di invidia. Giovanni capí. Aveva sbagliato due volte in un colpo solo: si era bruciato legandosi al gruppo sbagliato e aveva perso di vista le uniche persone che amava e che lo amavano. Salutò Gipo e guidò a vuoto, come a volte gli piaceva fare per non pensare a niente. Tornò nella stradina sul mare, fermò la macchina, spense i fari e aspettò l'alba. Fumò l'erba da solo. Arrivarono le prime luci ma non ancora il sonno. Sulla strada del ritorno si fermò a una cabina per chiamare Daniele, che rispose con la voce impastata. Ma in fondo cosa gli devo dire, pure a lui, pensò. Riattaccò di colpo, andò a casa e finalmente si addormentò. Si svegliò nel pomeriggio, riposato, lucido, pieno di buona volontà, e fu cosí che andò a casa Silini a riprendersi moglie e figlia.

Poi venne fuori cos'avevano combinato Giovanni e Daniele. Di notte avevano attraversato lo Stretto, scavalcato i cancelli di un mobilificio e lasciato esplodere una bomba grezza e artigianale che aveva danneggiato diversi prodotti. Il proprietario aveva sporto denuncia contro ignoti. Intanto Daniele era stato messo dentro per un'altra azione, in cui Giovanni non era stato coinvolto. Giovanni decise di autodenunciarsi. Prima però doveva parlare con Aurora, questa volta le avrebbe spiegato tutto, la voleva dalla sua parte, non poteva permettersi di perderla di nuovo. Le chiese tempo, la fece sedere sul divano e cominciò con calma, dai giorni in cui era nata Mara e lui era andato a Cinisi, cercando di non omettere niente. Era partito già inquieto, ammise. Poi quell'azione innocua contro un mobilificio di proprietà di uno che aveva licenziato dei lavoratori. Aurora non disse nulla. Allora sto facendo bene, trionfò Giovanni fra sé e sé, dovevo soltanto coinvolgerla. Quando annunciò che stava per andare alla polizia, la vide sbiancare.

– Stai scherzando?
– Che altro dovrei fare?
– Daniele non racconterà niente.
– Ma che importa! C'ero, devo pagare anch'io.
– Ma perché hai fatto questa cazzata? Potevi pensare almeno a tua figlia.
– Ti ho raccontato tutto perché volevo che fossi con me, almeno per una volta.
– Allora avresti dovuto raccontarmelo prima, non dopo.
– Non ti va mai bene niente.
– Perché devi andare a raccontarlo tu, se non lo fanno gli altri?
– Grazie per i consigli. Poi? Che altro? Tradire i compagni? Sei una fascista come tuo padre.

Silenzio.
- Scusa.
- Prometti di non andare alla polizia? Per favore. Non pensare a me, pensa a tua figlia.
- Non vado da nessuna parte senza di te.

Giovanni era stato sincero, ma fu sincero anche il senso di colpa delle notti successive. Aveva accontentato la moglie ma non sé stesso e continuava a fantasticare di farsi mettere dentro. Gli veniva fuori un eroismo improbabile: nel ricordo l'azione contro il mobilificio si ingigantiva, fantasmi e rimorsi si moltiplicavano. Ho fallito, si tormentava, altro che rivoluzione, ho anteposto le mie piccole sicurezze alla lotta, mi sono isolato, mi sono tirato indietro. Non sono un buon padre, non sono neanche un marito, non sono un eroe della politica. Dovevo fare tutto, non ho fatto nulla. Stordirsi di erba gli dava conforto e anche l'alcol lo aiutava, a poco a poco non si curò piú di fumare in balcone, anzi smise anche di aspettare che Aurora e Mara andassero a dormire. A un certo punto si convinse che qualcuno dei Fuochi sarebbe venuto fin sotto casa per fargliela pagare, e se da un lato sapeva di meritarselo, dall'altro si sentiva piú spaventato che spavaldo. Un aspirante terrorista terrorizzato.

Aurora passava sempre piú tempo da sola.
Un assistente universitario le stava dietro lasciandole intendere che avrebbe saputo come regalarle gli ultimi esami che le mancavano, ma lei neanche se ne accorse. Cercava di arrivare a fine giornata attardandosi fuori il piú possibile, con la scusa di portare la bambina a respirare aria di mare per non pensare al marito e non chiedersi dove stesse andando la loro vita. Dopo le lezioni in facoltà e qualche ora

a studiare in biblioteca, recuperava Mara al nido e costeggiava la spiaggia guidando lentamente finché la figlia non si addormentava, poi rientrava malvolentieri nella casa in miniatura. Ormai detestava gli ospiti, mai formalmente invitati, che tiravano tardi insieme a Giovanni e si presentavano spesso anche quando lui non c'era, dato che avevano preso alla lettera l'invito iniziale a considerare quella casa come se fosse loro. Non le piaceva piú ritrovarsi in soggiorno, malamente adattati alla quotidianità, i visi che sorridevano dalle cronache delle manifestazioni. Non le interessavano piú i loro discorsi, non le importava dei loro problemi. Era troppo occupata con i suoi. La notte, con gli occhi aperti nel letto mezzo vuoto, se prima aspettava che il marito la raggiungesse ormai sperava soltanto di dormire. Ogni tanto Mara si svegliava e piangeva: un lamento immotivato, fisiologico, il solo rumore rimasto a farle compagnia.

Quando Aurora dichiarò di non volere piú gente intorno, Giovanni riprese a uscire tutte le sere e Aurora e Mara a trascorrere il tempo da sole, protette dai riti semplici di due bambine, una neonata e l'altra appena cresciuta: cenare, dormire, svegliarsi presto, arrivare fino a sera.

Per il primo compleanno di Mara, Giovanni propose ad Aurora di andare in pizzeria tutti e tre insieme, una di quelle piccole cose che non facevano piú. Poi uscí a fumare e se ne dimenticò. Rientrò ubriaco e senza regalo. Moglie e figlia dormivano abbracciate sul divano, vestite di tutto punto e pronte per uscire. Il sonno le rendeva uguali, pensò Giovanni, e si disse che i grandi, in fondo, non sono che bambini sopravvissuti.

La primavera messinese regala sempre qualche arcobaleno che compare a prendersi gioco della bruttezza architettonica di palazzi abusivi, assemblati senza criteri nel de-

lirio urbanistico della ricostruzione, dopo il terremoto del 1908. Un pomeriggio del 1979 c'erano stati pioggia e nuvole, poi la grandine e infine una luce decisa, finché un arco colorato si piazzò fra due palazzi sbiaditi, proprio di fronte all'angolo dove Giovanni aveva appuntamento. Al posto del solito spacciatore, però, si presentò una ragazza. Non era brutta né bella, era sciatta e indossava un cappotto di pelle. Giovanni guardò diffidente il nuovo pusher. In fondo quello che serviva ce l'aveva anche lei e se i prezzi restavano uguali non c'era da protestare. – Non vuoi provarla?
– Qui?
– Se vuoi, anche da me.
Giovanni esitò. – Facciamo un'altra volta, ora devo andare.
E Gipo, dove cazzo è finito Gipo?, si chiese rientrando. Meno male che doveva salvarmi lui, come no, sto ancora aspettando.
– Hai visto che arcobaleno? – lo accolse Aurora con un entusiasmo sproporzionato.
– Bello, – commentò Giovanni mentre si domandava dove nascondere gli acquisti. Ma lei non deve andare in bagno, uscire, fare qualcosa, qualsiasi cosa?, si chiese. Se solo ci fosse una stanza in piú, pensava: in momenti del genere la casa in miniatura si avvitava senza pietà sulla sua testa, come il tetto del soppalco dove dormiva quando era bambino.
– L'abbiamo visto dal balcone, anche Mara, ma tu hai mai visto tutti e sette i colori? Secondo me non è vero che sono sette, piú di cinque non ne ho mai contati. Per la cronaca, oggi erano quattro, ma nitidi –. Aurora andava avanti con un immotivato, fastidioso buonumore.
– Immagino.
– Dov'eri? Non l'hai visto, allora.

– In biblioteca.
– Hai fatto tutta una tirata?
– Quasi. No, non ho visto niente.

La ragazza ha talento per non capire le bugie, rifletté Giovanni, un gran talento nel non accorgersi di nulla.

– Ha ereditato la mia insonnia, – disse una sera Giovanni prendendo Mara in braccio per portarla in macchina. Il modo piú rapido e sicuro per farla dormire era coricarla nel sedile posteriore e portarla in giro per la città, una delle poche cose che Giovanni e Aurora facevano ancora insieme. A volte Giovanni metteva Guccini oppure Lou Reed in sottofondo, piú spesso invece niente, nessun rumore, solo il dondolio delle ruote. Dopo pochi minuti Mara crollava. Ogni volta che chiudeva gli occhi, Aurora era sollevata. Mara tardava ad articolare le prime parole, ma era capace di fissare qualcosa o qualcuno per interminabili minuti e a volte Aurora si imbarazzava a reggere quello sguardo.

6.

L'anno successivo si laurearono entrambi, e sapevano cosa sarebbe successo: i Santatorre e i Silini non li avrebbero piú aiutati con i soldi. Siccome, per fare contento suo padre, dopo il diploma classico Aurora aveva preso anche quello magistrale e fatto il concorso per la scuola elementare, quando le arrivò la notifica di esito positivo decise di prendere servizio.

Giovanni promise che anche lui avrebbe cercato un lavoro, ma Aurora lo tranquillizzò: – Almeno tu aspetta di trovarne uno che ti piace –. Cercava di non tradire la delusione, ma in realtà aveva sognato di restare all'università a fare ricerca. Purtroppo, però, i tempi per ottenere una borsa di studio sarebbero stati lunghissimi.

– Potrai sempre insegnare alle medie, e poi al liceo, – suggerí Rosa, e Aurora non riuscí a spiegare a quella sorella sempre ottimista che una carriera di promozioni l'avrebbe fatta sentire ancora piú sconfitta. Pensò che sarebbe stato meglio rinchiudersi in un ufficio, lasciarsi definitivamente libri e ideali alle spalle e morire di nulla un po' alla volta, senza farsi scoprire da nessuno.

Una mattina Giovanni si piazzò davanti allo specchio. Va bene, si disse, basta cosí. Prima di tutto mi faccio la barba, ora mi rimetto a posto, ora li stupisco come quando ho discusso la tesi, sono rimasti a bocca aperta mentre parlavo di Weimar, di Rosa Luxemburg, cosa si aspettavano? Che mi sarei buttato sulla questione meridionale? Ci sono già abbastanza piccoli studiosi di provincia. Io penso in grande. Li stupirò un'altra volta, e Aurora la stupirò piú di tutti.

Aurora dormiva ancora, in quei giorni dormiva sempre. Giovanni dovette riconoscere che aveva fatto tanto, per sé stessa e per lui: studiare, lasciarlo libero di studiare a sua volta, non assillarlo, occuparsi di Mara. E lui per tutta risposta... No, stavolta non c'era da torturarsi. Ce l'aveva fatta, si era laureato, non a pieni voti come lei, non nei tempi giusti come lei, ma la promessa alla base del loro incontro era stata onorata. Mi aiuterai a studiare? Certo. Mi aiuterai a essere felice? Meno certezze.

Aurora era perfetta ma neppure lui era da buttare, anche se lei lo faceva sentire inadeguato. Sbuffò, accese una sigaretta, gli occhi ancora appiccicati dal sonno. Cosa gli restava, a parte le elucubrazioni davanti allo specchio, sullo sfondo poco edificante di un vecchio gabinetto? Tirò lo sciacquone.

Ecco, Aurora si era svegliata e lo chiamava.

– Arrivo, – rispose scocciato. Nemmeno in bagno poteva stare tranquillo. E pensare che lei gli aveva raccontato di quando era bambina e ci si nascondeva per cercare pace. Possibile che avesse dimenticato tutto? Perché aveva questa voglia di condividere ogni momento? Tornò a letto e la baciò. – Ho bisogno di andarmene per qualche giorno. Torno presto. Per favore –. Sí, doveva partire, stare un po' da solo.

– Fa' come vuoi, – rispose lei. Pensò: tanto, ormai. Ma non ritenne opportuno dirlo e si alzò per preparare il caffè.

Chiese barocche, marciapiedi in pietra lavica, echi normanni nei campanili, da un lato lo Ionio e dall'altro l'Etna:

uno spettacolo incantevole. Giovanni si sentí rinascere. Per la sua partenza in solitaria aveva scelto di nuovo un vulcano ma, al contrario di quando era stato a Stromboli con Aurora, stavolta non c'era stato bisogno dell'aliscafo. Non distante da casa, la lingua di terra fra il mare e l'Etna offriva conforto e fuga, bellezza suprema ed evasione sicura. Trovò un ostello per la notte, fece colazione con una *scacciata* – farina, olive, verdure, salsiccia – mentre l'aria di montagna e la speranza del mare all'orizzonte lo facevano sentire vicino a Dio. Si fermò in un bar, incuriosito da un gruppo di coetanei che prendeva il caffè, sembravano stranieri, forse inglesi, Giovanni non capiva cosa dicevano, si avvicinò. Avevano sí pantaloni logori e maglie sudate, ma altro che fricchettoni anglosassoni: erano operai locali alle prese con il rifacimento di una facciata. Quella lingua che gli sembrava oscura era solo dialetto, la loro sosta un'allegra pausa prima di riprendere il lavoro. Giovanni rise di sé e del suo fraintendimento. Quindi si era ridotto a non capire le situazioni, le persone, anche quando era lucido?

Si affacciò al parapetto del belvedere. Non si era portato né erba né alcol, niente, solo lo stereo per la macchina e le cassette di Dylan, poteva permettersi di cantare senza pensare a nulla, per una volta, né alla politica né al matrimonio e neppure a sua figlia. Tornò in ostello, pagò, si rimise in macchina per le stradine dei paesi etnei, imboccò l'autostrada: Messina, Aurora, mia figlia, casa, e sentí ancora profumo di bello e di possibile.

Giovanni cominciò a cercare lavoro e nel frattempo dava lezioni private di inglese e tedesco – le basi le aveva imparate a scuola, gli slang nell'estate del Settantasette, quando lavorava in albergo. I ragazzi lo ammiravano, i genitori si fidavano e a lui piaceva intrufolarsi nelle case altrui come l'eroe che salvava i figli da una bocciatura certa. Ogni mattina Aurora andava a insegnare dopo aver lasciato Mara al nido, dove Giovanni la riprendeva e la portava a casa, preparava il pranzo, aspettava la moglie e riusciva nell'impresa di non chiedersi mai se stavano facendo la cosa giusta, se le giornate somigliassero a quelle che avevano immaginato quando si erano innamorati e avevano deciso di passare la vita insieme. Tempo per pensare non ce n'era, dedicarsi alla famiglia era uno sforzo che assorbiva tutte le energie e il poco denaro guadagnato. Giovanni riconsiderò i rimproveri che aveva riservato a suo padre per la distrazione, le assenze, il lavoro che veniva sempre prima di tutto. Ricordò le volte in cui gli aveva rinfacciato di essere morto dentro, adesso gli sembrava di capirlo un po' di piú. Arrivò a dirsi che un giorno o l'altro si sarebbe scusato, però poi trovò quel pensiero eccessivo.

Un pomeriggio, al supermercato, si fermò davanti agli scaffali del reparto colazione. Aurora impazziva per certi biscotti confezionati al cioccolato e nocciole, mentre lui continuava a preferire le brioche del bar sotto casa. Fermo davanti alle mensole ebbe un vuoto, non riusciva a ricordare quali fossero, chiuse gli occhi, era un gesto quotidiano, ogni mattina lei apriva la dispensa e afferrava... Niente, proprio niente. Forse qui non li vendono, si disse, se li vedessi mi ricorderei. Uscí a mani vuote e scorse una sagoma familiare. Era la madre di Gipo. – Signora, come sta? E suo figlio? – Lei ricambiò lo sguardo con ostilità, fissò Giovanni come se la stesse prendendo in giro.

– E come deve stare?
– Perché? In che senso?
– In carcere –. La signora strinse la busta della spesa e disse che aveva fretta. Dunque, Gipo era dentro. Lui den-

tro e io fuori, pensò Giovanni, tutti mi ignorano, anche la legge. Non scontare niente equivaleva a non aver commesso niente. Ecco cosa sono: invisibile.

Il giorno dopo tornò al solito angolo. C'era sempre la ragazza, che stavolta al posto del cappotto portava un giubbino, sempre di pelle logora. – Come ti chiami? – le chiese.
– Ines.
– Io Giovanni.
– Lo so –. Non gli propose di nuovo di andare da lei, ma fu ancora piú gentile della volta precedente. Giovanni accettò il suo regalo e, una volta rifugiatosi nel solito posto in riva al mare, si godette da solo un nuovo momento lisergico. Poi si addormentò, senza neanche porsi il problema di tornare a casa.

La sveglia interruppe l'insistente sensazione di vuoto. Giovanni non era rientrato. Aurora si alzò, si preparò, svegliò Mara, certa che il telefono non avrebbe squillato.

Uscí con la bambina in braccio lasciandosi dietro il silenzio di quella notte. Da tempo aspettava un'altra sparizione, si chiedeva solo quando sarebbe avvenuta. Ecco che se ne va un'altra volta, si era detta, ecco che sta per andarsene di nuovo. Lasciò Mara al nido e pensò che avrebbe dovuto chiedere un permesso per andare a prendere la bambina. Mentre era in classe a fare lezione fu interrotta dalla bidella. – Signora, c'è suo marito, – e corse nell'atrio dove, appoggiato al muro, Giovanni la stava aspettando.

– Devo andare alla polizia.
– Per cosa? – saltò su Aurora.
– Lo sai per cosa.
– Quindi hai deciso di fare di testa tua.
– Ho rimandato anche troppo.

Aurora gli girò le spalle e tornò a lavorare; poi, al suono della campanella, si chiuse in bagno e pianse quel che doveva.

Giovanni andò ad autodenunciarsi, ma la faccenda era vecchia e non interessava piú. Inoltre scoprí che nessuno di quel giro era piú dentro, e rimase male, si chiese come mai nessuno lo avesse piú chiamato, ma accusò il colpo facendo finta di niente. L'intera storia non ebbe conseguenze e fu definitivamente archiviata grazie all'intervento dell'avvocato Santatorre, che qualche giorno dopo, senza dire niente al figlio, fece le telefonate giuste.

Aurora decise di andarsene di nuovo. Questa volta non si trattava di preparare un borsone veloce ma valigie vere, anche se la scusa dell'estate le permetteva di dire ad amici e conoscenti che si trasferiva dai suoi per portare la figlia tutti i giorni sulla spiaggia di fronte. Rosa era l'unica contenta, non vedeva l'ora di avere la nipotina fra i piedi. Mara era divertita dalle buffe attenzioni di quella zia bambina.

Un sole opprimente, trascinato qua e là da uno scirocco caldissimo, concorreva nel soffocare qualsiasi tentativo di opporsi allo stato delle cose: il fascistissimo e l'avvocato decisero di rimandare a settembre il tentativo di raddrizzare i figli, mentre, considerata la scarsa affidabilità di Giovanni, non ebbero dubbi sul fatto che Mara dovesse restare sotto la tutela di Aurora. Era senz'altro la cosa migliore per tutti, si dissero. In realtà nessuno sapeva piú in che direzione andare.

Giovanni volle passare qualche giorno con la figlia. Decise di portarla a Taormina dai cugini, dove aveva trascorso l'ultima estate felice della sua vita, o almeno cosí gli sembrava di ricordare. Quando non erano in spiaggia, giocavano con il labrador dei cugini. Fingevano che fosse un cavallo e Mara, con un mantello da principessa, ci si sedeva a cavalcioni stringendo un ombrellino che fungeva da tetto della carrozza. Giovanni trascinava il cane e la bambina da una parte all'altra della casa e lei rideva. Lui, però, restava malinconico. Forse, a non fidarsi di lui perché aveva una figlia, i compagni non avevano avuto torto. Ma era davvero Mara il problema? Senza lei e Aurora sarebbe andata diversamente? Avrebbe avuto piú credibilità? Piú coraggio? Fino a quel momento aveva dato loro tutte le colpe, ma non ne era piú tanto sicuro. Quando riportò Mara a casa, Aurora non si fece trovare e gli dispiacque. Ma ancora di piú gli pesò staccarsi dalla figlia.

I cugini partirono lasciandogli casa con raccomandazioni semplici: annaffiare le piante, badare al cane. Poteva farcela, anche se le notti si trasformarono presto in oasi di fumo, alcol e allucinogeni. Era rimasto completamente solo, una condizione che fino a quel momento aveva agognato. Ogni sera usciva con un gruppo di conoscenti improvvisati con cui divideva tutto. Gli piaceva offrire da bere e da fumare, quando poi voleva stupire tirava fuori i funghi. Un paio di piccoli spacciatori del litorale ionico trovò cosí il miglior cliente: un ragazzo di buona famiglia che cercava compagnia e aspettava il prossimo miraggio.

Finita l'estate, Giovanni tornò da solo nella casa in miniatura. Non che non volesse riprendersi moglie e figlia: ci pensava, ma appena cercava di ordinare le idee la notte le sparpagliava di nuovo. Non aspettava piú il sole dell'avvenire, ora invece lo pagava in contanti godendoselo in macchine sconosciute o in strada, vicino alla stazione. Aveva sperimentato l'Lsd, ma a piacergli era soprattutto la combinazione di Roipnol e alcol. Lo aiutava a eclissarsi. Era diventato bravo a bilanciare le dosi in modo da non mettersi in pericolo. La mattina rientrava, si buttava a letto e si addormentava. Raramente rispondeva al telefono. Aurora, che si vergognava a spiegare la nuova situazione al proprietario dell'appartamento, continuava a pagare l'affitto. Sospettando che il padre si fosse intromesso nella sua mancata incarcerazione, Giovanni l'aveva provocato fingendo di averne le prove. L'avvocato aveva ammesso di essere intervenuto per il suo bene. «Mi hai rovinato la vita», aveva urlato Giovanni, sapendo di esagerare.

In un primo momento, quando Giovanni andava a prendere Mara per trascorrere qualche ora con lei, Aurora cercava di evitarlo, poi, visto che suo marito le mancava, iniziò a farsi trovare in casa cercando scuse perché si fermasse a chiacchierare. Provava a raccontargli del morbillo, delle maestre della figlia. Una volta era particolarmente felice perché Mara aveva iniziato a parlare di colpo. Era sollevata. Si era sentita in colpa, certa che la bambina non aprisse bocca per una silenziosa protesta contro i traslochi da una casa all'altra e le sparizioni di Giovanni. Provò a dirglielo, ma come sempre non riuscí a essere esplicita. Giovanni, da parte sua, non le veniva incontro. Aveva sempre fretta, ogni volta sembrava scappare verso qualcosa che lo interessava molto di piú. Un tempo quel qualcosa coincideva con la politica, ma osservandolo, sempre piú frastornato, Aurora capí che ormai suo marito aveva definitivamente confuso il sogno con l'allucinazione.

Sua sorella Rosa le organizzò una serata a sorpresa. Si offrí di tenere la bambina e la mandò a cena con le vecchie amiche dell'istituto religioso, ragazze che non avevano mai incrociato i movimenti studenteschi e che quando parlavano di politica erano noiose come un telegiornale lasciato acceso all'ora di pranzo. Aurora trovò una scusa per lasciare la riunione a metà serata.

Appena i consuoceri ripresero a discutere sul da farsi, Aurora e Giovanni iniziarono a vedersi di nascosto. Dopo aver fatto l'amore litigavano. Aurora non riusciva a dire a Giovanni quanto le mancava, Giovanni non riusciva a spiegarle la propria inquietudine. Avrebbe dovuto ammettere che si erano sposati senza sapere nulla di ciò che volevano, che la nascita della figlia l'aveva fatto sentire inchiodato, avrebbe dovuto raccontare le notti passate sognando di fuggire da entrambe e diventare un eroe, un vincente, e allora lei avrebbe chiesto come mai, se erano quelli i suoi sogni, aveva voluto sposarla, perché aveva desiderato Mara, e lui non avrebbe saputo risponderle, perché per quanto assurde e contraddittorie tutte queste cose erano vere, e tutte insieme.

Invece Aurora si lamentava dei problemi quotidiani, della fatica di fare tutto da sola. Giovanni non rispondeva e a lei faceva rabbia essere ormai, a tutti gli effetti, una separata. È questo che ti importa, l'apparenza?, chiedeva Giovanni, che delusione. Aurora andava via e guidava fino al lungomare, finché si rasserenava osservando lo Stretto, come quando era bambina.

Ogni tanto provavano a incontrarsi insieme ai fratelli o agli amici di uno dei due, sperando invano che la presenza di un testimone li calmasse. Parlavano del bene di Mara, su cui ciascuno aveva un'idea diversa. Secondo Giovanni, con l'inizio della scuola materna era arrivato per lei il momento di mischiarsi il piú possibile con i coetanei, Aurora invece sentiva piú di prima il bisogno di proteggerla. Temeva che l'incontro con altri bambini e altri genitori la rendesse consapevole di essere l'unica figlia di separati, facendola sentire strana, diversa. Allora parlavano di nuovo del fallimento del matrimonio, della palude da cui non sapevano uscire, finché Giovanni sbraitava e Aurora se ne andava piangendo, portandosi dietro le ultime possibilità di dialogo.

Un pomeriggio Giovanni si presentò dai Silini con un pacchetto del bar, gli tremavano le mani e la granita di fragola era fuoriuscita dal bicchiere imbrattando la busta. – Non mi riesce mai niente, – esplose, e gli venne da piangere. Aurora si sciolse. Si ritrovarono abbracciati, si baciarono, e dopo aver fatto l'amore la decisione di tornare insieme venne da sé.
– Solo a un patto: mia, nostra, figlia non dovrà mai trovarsi in una situazione di pericolo, – impose Aurora.
Non c'era dubbio, per Mara Giovanni avrebbe fatto di tutto e non l'avrebbe mai messa in pericolo, la rassicurò. E di nuovo Aurora tornò, e di nuovo si disse che avrebbe creduto a suo marito perché era la cosa giusta da fare, e fra i motivi che nascose a sé stessa c'era sempre la vecchia paura di restare imprigionata nella sua casa di origine.
Il fascistissimo lasciò andare figlia e nipote senza nascondere la soddisfazione; era un sollievo che Aurora badasse da sola ai suoi guai. Anche gli altri figli entravano in età da fidanzamento e lui non voleva ripetere l'errore commesso, per leggerezza, con la secondogenita: la prima a sposarsi e in realtà quella che gli stava dando piú pensieri.

Ci fu una retata. Erba e allucinogeni non si trovavano piú e per qualche tempo Giovanni ne approfittò per disintossicarsi e rispettare le promesse, ma appena furono di nuovo disponibili l'inquietudine tornò.

A volte, la mattina, andava a casa dei genitori. La trovava semivuota, le finestre aperte, la cameriera che rigovernava in salotto e la madre ai fornelli. – Questa non sa cucinare, – gli diceva sottovoce, – mi tocca fare tutto da me, – e a Giovanni piaceva quel momento di complicità. Dimenticava tutto, si rimboccava le maniche e la aiutava a disossare la carne, a pelare gli ortaggi. Quando Aurora si fermava a scuola e Mara all'asilo per il tempo pieno, aveva anche la scusa per restare a pranzo. Chiedeva a sua madre di preparargli il pescespada, come quando era bambino, cercando intimità e coccole che Aurora, diffidente, gli concedeva sempre meno.

7.

Aurora controllava suo marito come un carabiniere e non si staccava mai dalla figlia. Usciva poco, non vedeva nessuno, la mattina insegnava e il pomeriggio si occupava di Mara. La freschezza della risata con cui aveva conquistato Giovanni era scomparsa. Era ansiosa, a scuola faticava a concentrarsi.

Una sera fu invitata a una riunione fra vecchie compagne del PdUP e decise di concedersela. Chiese a Giovanni di restare a casa con la bambina, visto che per una volta era lei a voler uscire. Si pettinò con cura, si truccò, si sorprese a scoprirsi ancora capace di scambiare idee e battute. Bevve qualche bicchiere, scherzò sulla pesantezza borghese del ruolo di madre e moglie, trovò le vecchie amiche in gran forma. Rientrando si sentiva di buonumore, soddisfatta e alleggerita.

Anche se aveva promesso che non sarebbe uscito, Giovanni non seppe resistere. Solo mezz'ora, si disse, tanto Aurora non lo avrebbe mai saputo. Sistemò la figlia sul sedile posteriore e passò a prendere un conoscente, poi un altro, poi un altro ancora. All'inizio Mara fu l'attrazione della serata, era divertente avere una bambina fra i piedi. Il nuovo passatempo però si esaurí presto lasciando il posto a una pragmatica concretezza, dato che erano tutti lí per lo stesso motivo. Fumarono parcheggiati

davanti al mare, sotto gli occhi della bambina, poi due si allontanarono mentre Giovanni e l'altro piombarono nel sonno. Quando si svegliò, il primo pensiero di Giovanni fu Mara. Per fortuna dormiva. Ma lui non aveva rispettato gli accordi, Aurora non glielo avrebbe perdonato. Tornò all'alba e si preparò ad affrontare la moglie, ma la trovò in singhiozzi.
– Rosa è morta! – gli urlò senza guardarlo.

Quel pomeriggio l'ultimogenita di casa Silini aveva partecipato a un'escursione, il terreno era franato ed era caduta in un precipizio. Al fascistissimo e alla moglie era toccato il riconoscimento del corpo mentre i figli arrivavano in ospedale uno dopo l'altro. Il telefono aveva squillato a vuoto per tutta la sera nella casa in miniatura finché, appena rientrata, Aurora si era precipitata a rispondere temendo che fosse successo qualcosa a Mara. Poi, incapace di muoversi, aveva aspettato il marito.

Sui Silini scese il buio. Il fascistissimo annunciò che si sarebbe lasciato morire e Aurora si rese conto di non sapere niente di lui. Le venivano in mente solo aneddoti eroici che risalivano alla guerra in Africa, a cominciare dalla temerarietà con cui, minorenne, si era arruolato come volontario. Si vantava di aver sfidato la madre, che si opponeva perché non aveva ancora finito gli studi: «Soldato semplice! Che volgarità!» Cosí lo aveva rimproverato, perché era figlia di un marchese e parlava poco, altro dettaglio su cui il fascistissimo indugiava, come a voler sottolineare che le sue figlie, moderne, senza titoli nobiliari e ciarliere, erano scostumate, prive dell'eleganza naturale di quella donna leggendaria. Aurora ricordava la forza con cui da bambina aveva voluto credere alla gloria di suo padre, una gloria eccitata da ideali camerateschi e racconti esotici di donne nere («Hanno seni pendenti che avvolgono attorno al collo», raccontava ai figli, e sempre loro fingevano di stupirsi, anche da grandi: «Ma davvero come sciarpe?»)

Con la morte di Rosa le tornò in mente il primo contatto del fascistissimo con il dolore. In Africa, vicino alle tende dov'erano accampati, se ne stava in fila con gli altri quando il suo superiore lo aveva chiamato brandendo un telegramma: «Silini!» Lui aveva fatto un passo avanti e quello nemmeno l'aveva guardato in faccia: «Ti mandano a dire che tuo padre è morto». Un passo indietro e poi a mangiare, senza una parola di commento. Il fascistissimo lo raccontava con orgoglio, per aver superato da uomo la sua prima prova, ma lo raccontava troppo spesso, come se non volesse far chiudere quella frattura. La morte di Rosa doveva essersi insinuata in quella stessa ferita, allargandola in modo insostenibile. Cosí è per ognuno di noi, si disse Aurora, e pensò alla sorella che cadeva nel vuoto, alla madre, ai fratelli, a sé e a Giovanni – tutti sul ciglio del burrone, fermi a guardare giú.

Nessuno chiese a Giovanni dove avesse trascorso la notte in cui era morta la sua piccola cognata, ma il senso di colpa lo fece sentire indegno di un dolore a cui non sapeva unirsi. Fuggí il lutto, passava sempre piú tempo dai genitori. Spesso si fermava da loro anche la notte, chiuso a fumare nel vecchio soppalco. Il sollievo maggiore di quell'abbrutimento era non dover incontrare mai lo sguardo della moglie, o peggio della figlia.

Ogni tanto telefonava ad Aurora, che faceva la pendolare fra la casa in miniatura e casa Silini. Lei rispondeva sempre con la fretta di chiudere la conversazione: voleva sentirlo il meno possibile. Aurora camminava fra due vuoti e quello della morte era meno spaventoso dell'altro, a cui non sapeva dare un nome.

Il Roipnol leniva, se non i rimorsi, almeno l'insonnia di Giovanni. Certo, si addormentava all'alba, poi però dormiva ininterrottamente. A volte puntava la sveglia ripromettendosi di andare al cimitero per portare un saluto a Rosa. Poi, appena quel trapano squillante gli attraversava il cervello, rimandava al giorno dopo per non dover ammettere la verità: lui, in quel posto di morti, non voleva metter piede.

Gli capitò di incontrare qualche compagno che cercava di farlo riflettere, di lanciargli battute di incoraggiamento a tornare ché c'era bisogno di lui, ma i piú erano ormai impegnati a costruirsi una carriera politica e un avversario in meno non poteva che essere una buona notizia. Ricevette una lettera da Peter, che gli chiedeva come stava e lo invitava a Berlino. Un viaggio: ecco cosa serviva contro la palude della provincia.

Peter andò a prendere Giovanni alla stazione di Berlino Ovest e insieme attraversarono la città in macchina. I quartieri occidentali lo abbagliarono con insegne blu ossidriche di night club, graffiti, architetture eccentriche. Giovanni si drizzò sul sedile, si sentiva fiacco. Sul treno l'avevano perquisito e lui si era sentito offeso, al punto che avrebbe voluto urlare qualcosa come «voi non sapete chi sono io». Non l'aveva fatto per evitare rivendicazioni ridicole, ma anche perché la sorpresa di quella scoperta l'aveva ammutolito: aveva l'aspetto di un tossico.

Anche Aurora aveva voglia di scappare: dopo la morte di Rosa i fratelli avevano preso a scaraventarsi addosso il dolore, odiandosi l'un l'altro per essere sopravvissuti.

E lei non si era sottratta, mentre il ricordo della sorella la tormentava facendole rimpiangere di non essere morta al suo posto. Non aveva mai preso un aereo, non era mai stata fuori dall'Italia. Partire l'avrebbe aiutata. Acquistò un viaggio per Londra, comprensivo di corso di lingua e ospitalità, un pacchetto che sembrava tagliato su misura per lei e Mara.

Il giorno della partenza madre e figlia erano eccitatissime. Allacciate le cinture, aspettavano il decollo tenendosi per mano. Due piccole matrioske difformi: Mara con i capelli scarmigliati e le guance paffute; Aurora stanca e preoccupata. Per tutto il viaggio parlottarono e giocarono fra loro. All'aeroporto le accolse la famiglia che le avrebbe ospitate: i Pym, una coppia di pensionati dall'aria solida e allegra. Lei e Mara occuparono la stanza dell'ultimogenito, appena andato via di casa: l'incastro tra le due famiglie amputate, le Santatorre senza Giovanni e i Pym senza i figli, funzionò. Ogni mattina facevano colazione insieme, poi l'ospite inglese portava la bambina al parco mentre Aurora prendeva la metropolitana per andare alla scuola di lingua. Qualche volta usò il nome di Giovanni per rifiutare le attenzioni indesiderate dei colleghi di corso, ma con i Pym non parlò mai del marito.

La seconda sera, a Berlino, Peter e Giovanni si trovarono a bere con altri compagni che conoscevano Gipo. Tutti gli chiesero se fosse andato a trovarlo in carcere. Giovanni disse che si erano persi di vista. Avvertí una certa disapprovazione per quella estraneità, percepita come leggerezza. Gipo era dentro per un sequestro di persona, l'aveva saputo qualche giorno dopo avere incontrato sua madre. Un atto fallimentare che un tempo gli sarebbe apparso eroico. Cambiò argomento.

Si schiarí la voce e cominciò: – *Meine Tochter, Mara...* – Non smise piú di parlare della figlia, delle sue gesta in famiglia e alla scuola materna, trasformandola in un'entità, una dea che non aveva adorato abbastanza. I compagni lo guardarono con rispetto e curiosità e lui si sentí forte, protetto da un progetto e da un ruolo. Adesso sí che era pronto a farle da padre: era pulito da una settimana e una volta in Italia avrebbe cambiato vita. Ecco chi lo avrebbe aiutato a diventare una persona migliore: sua figlia, era cosí semplice, come aveva fatto a non pensarci prima? O forse ci aveva pensato e non c'era mai riuscito. Non importa, si disse, questa volta andrà bene. La lontananza rendeva tutto piú chiaro.

Decise di attraversare il muro. Né Peter né nessuno dei suoi amici occidentali aveva voglia di accompagnarlo, ma Giovanni era troppo curioso e gli piaceva l'idea di avventurarcisi da solo. L'insofferenza delle guardie al checkpoint ferí subito il suo entusiasmo; al di là del muro trovò solo un'ovattata normalità e si sentí spogliato di ogni illusione. Era tutto come si aspettava – birrerie a basso costo, sigarette Juwel, Trabant per strada – ma non provò nessuna emozione. Chissà cosa mi aspettavo di trovare, si chiese, un sogno intatto, un mondo su misura per me? Non lo sapeva neanche lui. Sentiva una strana, opprimente aria di controllo. Per tutta la mattina ebbe la sensazione di essere osservato, pranzò in una birreria e decise di tornare a Ovest prima del previsto. – Com'è andata? – gli chiese Peter, ma Giovanni preferí ricominciare a parlare di Mara e degli occhi con cui era nata, quegli occhi interrogativi che continuavano a impressionare tutti.

In Sicilia, Mara e Aurora trovarono il fascistissimo ad aspettarle all'aeroporto di Catania. In macchina il suo silenzio era insostenibile, aveva cominciato non pronunciando piú il nome della figlia morta e aveva finito per non parlare piú di niente. Non si faceva la barba dal giorno del funerale e quei peli bianchi arruffati erano il suo lutto. Senza dire una parola le lasciò davanti al portone della casa in miniatura: era lí che dovevano tornare, era quella casa loro. Aurora afferrò Mara e la valigia e lo salutò in fretta. La porta non era chiusa a chiave, mise a letto la bambina e registrò le tracce del ritorno stabile di suo marito.

La mattina dopo aprí gli occhi per prima.

– Quindi sei tornato pure tu, – lo svegliò.

Entrarono i primi rumori: le chiacchiere nel cortile, i passi al piano di sopra.

Giovanni si stiracchiò. – Non potevo piú stare senza di loro, – rise pizzicandole le cosce.

– Sono grasse!

– Sono perfette.

– I tuoi complimenti sono inaffidabili come te.

– Credimi.

– Ti ho creduto tutte le volte, – Aurora si difese. – Te l'ha suggerito il tuo amico tedesco, di tornare?

– Me l'ha suggerito Mara. E tu.

– A Londra è stata cosí dolce, – Aurora prese tempo per godersi la frase precedente. – I Pym l'adoravano.

– La famiglia che ti ospitava?

– Sí –. Un ricordo di serenità si affacciò e fu respinto.

– Devi fidarti di me, – Giovanni fiutò il pericolo.

– Ho alternative?

Mara si svegliò e reclamò attenzione. Giovanni e Aurora si alzarono e ricominciarono. Per qualche tempo l'equilibrio durò. Quella mattina fecero l'amore, e poi di nuovo la sera, e il giorno dopo, e si illusero che stavolta sarebbe stato diverso. E forse sarebbe stato vero perché entrambi erano stanchi di fare e disfare valigie, di non chiudere mai un occhio quando invece era facile viversi accanto senza dover vedere proprio tutto, senza che Giovanni rinunciasse alle sue notti fuori casa. Bastava renderle meno pubbliche, meno evidenti. Bastava che i pianti improvvisi di Aurora si diradassero, che Giovanni imparasse a nascondere meglio le sue dipendenze. In fondo, bastava far finta di niente. Si specializzarono in silenzi opportuni, divennero complici e conniventi.

Accadde in una giornata qualsiasi, senza un dettaglio o un motivo evidente, senza neanche un particolare buono per un retroscena. Poco prima di bucarsi la prima volta Giovanni ripensò all'estate del Settantasette, agli sguardi bramosi delle turiste, all'energia riposta nel riprendere l'università insieme ad Aurora. Si tolse il giubbotto, lo stese su un gradino e allontanò Ines, che si offriva maliziosamente di tirargli su la manica della camicia. Aspettò invano l'euforia. L'eroina fu invece un sogno, una consolazione materna. Niente divenne migliore, tutto si fece sopportabile.

Si risvegliò nel pomeriggio inoltrato e si fece una tazza di tè in casa d'altri. Prima di andarsene si fissò nello specchio del bagno senza catturare nessun proposito. Uscí a recuperare la macchina, l'aria gli solleticò i polmoni.

Rientrò a sera tardi, Mara e Aurora già dormivano. Aurora si girò nel letto soddisfatta di sogni che non avrebbe ricordato. Giovanni la svegliò baciandola e abbracciandola, e a lungo non ci fu altro che una stanza inondata di tenerezza. Ecco cos'è l'amore coniugale, si disse Aurora, e le fece cosí male che avrebbe preferito non averlo mai conosciuto.

Non si accorse di cosa stava succedendo a Giovanni fino a quando i soldi non cominciarono a sparire, e con loro i pochi oggetti di valore che avevano in casa. Si sforzò ancora di non vedere, finché un pomeriggio, uscendo dalla doccia, certa di averla poggiata sul lavello, scoprí che la sua fede nuziale non c'era piú.

Quello successivo, piú che un inverno, per Giovanni fu un viaggio al centro della terra. Ogni volta, ogni giorno come fosse il primo, l'eroina gli prometteva una giornata epica e poco importava che mantenesse o meno. Quando era lucido, provava solo disagio e torpore.
L'avvocato prese da parte suo figlio e provò a parlargli. – Con te abbiamo sbagliato tutto, tutti –. Sei arrivato tardi, avrebbe voluto dirgli, forse tua madre non aveva torto quando, con te nella pancia, dubitava che avremmo avuto le stesse energie che avevamo potuto impiegare con i primi due. Gli chiese invece perché aveva cominciato a bucarsi. Giovanni si limitò a rispondere: – Perché è bello, – e davvero non gli venne in mente nient'altro.

Aurora si sentiva un'appestata; convinta che gli amici e i compagni la evitassero, li evitava a sua volta. Contro tutto ciò che Giovanni rappresentava si svegliava un perbenismo che non soltanto non sentiva ragioni, ma le mescolava a casaccio. Ognuno aveva la sua: Giovanni si bucava perché si sentiva solo, colpa della moglie, no, colpa dei genitori. E i fratelli, che avevano fatto per lui? E i compagni? La politica lo aveva rovinato, anzi no: era strano fin da piccolo. Ad Aurora sembrava di sentirlo continuamente, il vociare della provincia. E piú che dalla condanna, era spaventata dal compatimento, dalle proposte di aiuto e dai tentativi di dialogo. Era troppo orgogliosa e le bruciava dover ammettere di non riuscire, da sola, ad aiutare il marito. Ragionava sui soldi e sulla possibilità di andarsene; poi rimandava e trovava ogni scusa perché sapeva che questa volta sarebbe stata l'ultima sul serio. Provò a guardarsi con gli occhi di Giovanni e vide una ragazza invecchiata, una moglie a cui raccontare bugie.

Una sera si sedette accanto al marito con una siringa in mano.
– Non abbiamo mai fatto niente insieme.
– Sei pazza.
– Se lo fai con altre puoi farlo anche con me.
– Togliti, finiscila, mi fai paura.
In fondo è quello che ho sempre voluto, si disse Giovanni.
– Non è quello che hai sempre voluto? – Aurora sembrò leggergli nel pensiero.
– Sí, forse sí.
– Fare qualcosa insieme. Questa cosa.
Potevano. Non aveva nulla da opporle. Quasi nulla.
– Non credo che basti per tutti e due.
Non gli basta la roba, non gli basterà mai. Giovanni stava preparando la sua dose e aveva già smesso di preoccuparsi di lei. Non ne sarebbe valsa la pena. Aurora se ne andò in fretta e solo dopo, quando era già per strada, abbassò la manica che era rimasta tirata su.

Intanto, molti ex terroristi in carcere cominciavano a collaborare. Nelle piazze non c'era piú uno scontro al giorno, tanti ex movimentisti erano tornati al Pci o si erano avvicinati inaspettatamente al cattolicesimo o a fazioni politiche opposte. Lo Stato ristabilisce le sue regole e premia chi s'è adattato, pensava Giovanni, e si ripeteva che era stato lui a non essersi mai adattato, che non gli importava di niente e nessuno. Poi ricominciava a farsi e non ci pensava piú.

8.

Quando in città le siringhe fecero i primi morti sulle panchine l'avvocato Santatorre decise di intervenire. Sull'eroina c'erano molte voci e pochi precedenti, e l'avvocato volle raccontarsi che bisognava far cambiare aria a Giovanni. Non ce la faceva piú a tollerare il fallimento, quello di suo figlio ma soprattutto il proprio: l'inutilità, se non addirittura i danni dei suoi interventi erano un'umiliazione continua.

Aveva un fratello a Milano, gli chiese di trovare un posto da insegnante di filosofia, di italiano, di qualsiasi cosa in qualunque istituto privato. – A Milano? – lo aggredí la moglie. Era una follia, suo figlio si sarebbe perso definitivamente.

Lo zio trovò a Giovanni una supplenza in una scuola media e Giovanni fu felice di avere una scusa adulta per scappare via, e uno stipendio da spendere lontano dagli occhi di tutti.

L'appartamento pagato da Aurora fu sbaraccato; Aurora e Mara tornarono nella vecchia casa dei Silini e l'ultima separazione si consumò senza nessuna liturgia.

Su Giovanni scese il silenzio. La sua presenza si trasformò in un appuntamento settimanale nella cassetta delle lettere.

Cara Mara,
voglio che tu sappia che mi manchi. Ogni giorno mi chiedo se partire è stata la scelta giusta e spesso purtrop-

po mi rispondo di no, perché mi mancano i tuoi sorrisi e i nostri giochi.

So che hai nuovi amici, che verranno con te in prima elementare il prossimo anno, ma ti raccomando di non abbandonare quelli vecchi. Mi hanno detto che ti è caduto un altro dente davanti.

Muoio di curiosità, dammi tue notizie.

Un bacio,

papà

E sul retro:

Aurora,

c'è un freddo maledetto e la mattina mi sveglio alle cinque per raggiungere la scuola che è a Sesto San Giovanni, mentre la casa dello zio si trova in una traversa di corso Buenos Aires. Non ce la faccio a vivere da solo perché questa città è cara e lo stipendio è basso. Certe mattine fa cosí buio che non si vede nulla, fa un freddo tremendo e mi stanno marcendo i denti, tutto è difficile. Mia madre mi ha detto che vi siete viste e che la bambina sta bene, secondo la maestra non risente della nuova situazione. Ti prego di non risparmiarmi vostre notizie: il pensiero di te e Mara mi conforta e mi aiuta a superare momenti terribili. Ieri quando me l'hai passata al telefono ho avuto la sensazione che non le avessi letto le mie ultime lettere: per favore, non dimenticartene. Cerca di stare bene. So che i soldi non vi bastano e appena potrò ti manderò qualcosa.

Con amore,

Giovanni

Aurora fu tentata di strapparla come aveva fatto con le precedenti. Il freddo? I denti marcivano per l'eroina, altroché, e la carne delle gengive avrebbe offerto terreno buono per le siringhe, visto che presto in corpo non gli sarebbe rimasta nemmeno una vena.

E i soldi? Si fece un paio di conti, che purtroppo tornarono. Giovanni stava da suo zio e non pagava l'affitto, perciò lo stipendio finiva tutto nelle tasche di qualche giubbotto di stazione. Intanto lei era rimasta a far quadrare un mondo che non aveva scelto di abitare da sola: un lavoro provvisorio, una laurea non utilizzata, la compassione e l'invadenza degli altri. E ancora: la disgregazione, la sconfitta e l'insopprimibile desiderio di essere amata. Di anni addosso Aurora se ne sentiva settantasette, l'anno magico in cui aveva incontrato Giovanni.

A modo loro, le amiche provavano a distrarla, a tirarla fuori di casa. Le riunioni a base di dibattiti e autocoscienza erano storia vecchia, e a segnare la fine di un'epoca si erano aggiunte nuove mode: discoteche, feste, cocktail colorati. Aurora si impegnava a truccarsi e vestirsi bene, usciva piena di buoni propositi e c'era sempre qualcuno che si offriva di riaccompagnarla. Non che non provasse desideri, ma tutte le volte tornava col pensiero alle stelle fitte sul vulcano di Stromboli e si tirava indietro. Anche se le pagine migliori della sua storia erano finite, e a volte dubitava anche che fossero state scritte, le toccava arrivare fino in fondo.

Una sera, Aurora si decise. Infagottò Mara in un piumino, le mise gli scarponcini, la sciarpa, i guanti. Segnò sull'agenda l'indirizzo dello zio milanese, piú come un talismano che per necessità reale, dato che lo conosceva a memoria. Andarono in stazione, Aurora aveva prenotato due cuccette per la notte. Mara volle arrampicarsi sul lettino di sopra, era eccitata da quella novità, però alla fine si addormentò. Aurora si affacciò in corridoio, dove una congrega di insonni aveva tirato giú i sedili.

– Signora, a Milano pure lei?

– Raggiungo mio marito, – rispose, tradendo un sorriso di trionfo.
– Eh, i pendolari del venerdí sera, – sospirò una donna con un elegante cappello rosso.
– Si è trasferito da tanto? – si intromise un altro passeggero.
– Già, ma finora non ho potuto raggiungerlo: lavoro anch'io.
– È dura quando si lavora tutti e due, in una coppia, – annuí la donna col cappello.
Si raccontarono storie di famiglie e separazioni, di figli, di lavori mal pagati e speranze mal riposte. Tra estranei che condividono un viaggio notturno si stabilisce un'intimità particolare e Aurora la tradí consapevolmente. Raccontò la favola della famiglia perfetta sperando che a Milano sarebbe stato piú facile crederci. – Mio marito mi telefona ogni giorno, non vede l'ora di rivederci.
Il treno si imbarcò e i finestrini furono invasi dal bianco accecante delle pareti del traghetto. A notte fonda erano rimaste sole, la signora col cappello e Aurora, che disse: – Adesso è davvero tardi.
– Vai cara, sarai stanca.
Aurora aprí la porta del suo scompartimento. Mara dormiva. Aurora si riaffacciò. La sua interlocutrice era ancora in corridoio, aveva tirato fuori un libro e lo teneva sulle ginocchia. – Senta, mio marito... non è cosí semplice, – si liberò tutto d'un fiato. – Non si preoccupi, non c'è mai niente di semplice, – rispose quella senza guardarla.
L'indomani mattina Aurora e Mara scesero in una stazione sporca ed estranea.

Caro papà,
    dopo aver letto il mio biglietto ti sarai chiesto dove sono. Ti scrivo da Milano: volevo riaggiustare la mia famiglia.

Prima di rinchiuderti nel silenzio mi dicevi che una che se l'è scelto, un marito, poi se lo deve tenere. Mi dicevi di riprendermi il mio perché una donna ha armi nascoste, ricatti, moine. Ti infastidivano le mie richieste, non volevi problemi, dovevi stare dietro a sei figli, mi urlavi che non esistevo solo io. No, non esisto solo io ma ognuno di noi ha cercato di sentirsi speciale come ha potuto. Mia sorella mi manca, avrei portato pure lei a Milano: forse la sua dolcezza avrebbe commosso Giovanni. Invece sono partita all'arrembaggio, armata solo di mia figlia. Scommetto che vuoi sapere se almeno mi sono ripresa mio marito. Figurati. Ci ha salutate a stento e credo abbia capito chi eravamo solo la mattina dopo. Ha giocato con Mara finché non è uscito lasciandoci sole tutta la domenica. Mio suocero, diglielo se lo incontri, ha fatto una cazzata a procurargli questo lavoro: regala tutti i suoi stipendi agli spacciatori. Stasera torno a casa.

Aurora non prese sul serio l'idea di spedire la lettera, che strappò senza nemmeno rileggerla.

Al ritorno non si diede pace, ossessionata dagli occhi del marito: del suo vecchio sguardo determinato, sicuro, era rimasta solo un'espressione spenta e un po' scema. Ricordò quando Giovanni le rimproverava di essersi chiusa al mondo, di voler costruire un'isola mentre fuori si lottava – come se il terrore di vivere e morire non appartenesse pure a lui, ai suoi entusiasmi intransigenti.

9.

La prima mattina in cui Milano si svegliò sotto la neve, Giovanni trovò quel paesaggio molto esotico, divertente. Aprí il frigo, bevve un bicchiere di latte – non lo toccava da quando era bambino. Gli sembrò che la giornata avesse una speranza, si strinse nell'eskimo, tirò su il cappuccio ma appena fu sulla porta il telefono squillò. Era la scuola: restavano chiusi e lo avvisavano di non andare. Decise di uscire lo stesso, si mise a girare per la città. La gente non badava a lui, non badava a niente. Si fermò in un giardinetto, un gruppo di bambini lavorava a un pupazzo di neve, sedette su una panchina a contemplarlo mentre veniva su. Poco dopo passò una signora con un cane, il cane tirò il guinzaglio per avvicinarsi al pupazzo e gli fece sulla pancia di neve una pipí che colò fino a terra. La signora guardava da un'altra parte, serissima. A Giovanni scappò da ridere e continuò a lungo, anche quando di fronte rimasero solo quel panciuto uomo bianco e la sua nuova chiazza gialla. Poi riprese la passeggiata. Si fermò a una cartoleria per comprare le buste, voleva scrivere piú spesso a Mara e ad Aurora. Mara aveva cominciato a leggere le sue lettere da sola, a patto che lui scrivesse brevi e semplici frasi in stampatello. Doveva ammettere che gli mancava, gli mancavano entrambe; della libertà tanto desiderata non sapeva che farsene. Di quella mattinata vuota, per esempio. Sarebbe stato diverso se a condividerla ci fossero state loro due. Avrebbe insegnato a sua figlia la stupida allegria della pipí sulla neve, sarebbero andati a tirarsi il ghiaccio addosso fino a farlo squagliare, oppure no, perché magari Aurora sarebbe intervenuta a dire che tutto quel freddo per la bambina non era salutare, e allora lui avrebbe dovuto insistere perché aveva voglia di divertirsi, poi però avrebbe ceduto... Andarsene in giro a osservare e giocare avrebbe fatto di lui il padre perfetto che sognava di essere.

Si avvicinò a una cabina telefonica. Poteva chiamare Aurora, farsi passare Mara, sentire le loro voci e provare a raccontar loro la neve, la risata non trattenuta: forse il dolore si sarebbe addolcito. Forse invece una telefonata avrebbe rovinato tutto, come sempre. Giovanni ripensò alla furia con cui Aurora era partita da Milano, ai rimproveri con cui lo aveva aggredito. Come al solito non era riuscito a risponderle: mentre la ascoltava sapeva che aveva ragione su tutto, ma appena l'astinenza tornava a farsi sentire non gli importava piú di nulla, doveva solo andare a prendersi la roba. Telefonare? Meglio di no, concluse, e passò oltre stringendo i gettoni in mano finché, girato un angolo, si imbatté in un barbone che dormiva. Si chinò per lasciargli i gettoni accanto e nel rialzarsi sentí che gli scricchiolavano le giunture. Non nevicava piú e l'aria aveva smesso di essere poetica e secca: era tornato il gelo e le ossa glielo stavano ricordando. Tornò nel solito parco e poi a casa a notte fonda.

Il giorno dopo Giovanni non sentí la sveglia, lo zio lo chiamò alle dieci, il preside aveva telefonato per chiedere spiegazioni. – Credevo che avrebbe nevicato anche oggi, – rispose girandosi dall'altra parte. Era l'ultima delle scuse con cui troppe volte si era assentato senza preavviso. La settimana successiva fu licenziato e non si stupí quando suo padre ordinò di farlo rientrare. Lo zio glielo comunicò a testa bassa, quasi scusandosi che l'esperimento fosse fallito.

– Non è colpa tua, – lo tranquillizzò Giovanni, e fece i bagagli.

Mal di terra

10.

Caro papà,
    oggi la nonna ha cucinato il pescespada che ti piace. Pioveva e non ho potuto giocare con le mie amiche né andare sui pattini. Da te c'è il sole? Il vitellino è nato? Quanti animali ci sono nella tua fattoria? Quando torni?

Carta da lettere infantile, colorata e profumata, senza errori né correzioni di adulti: Mara scriveva con i suoi caratteri grossi e tremolanti. L'unica traccia di Aurora era sulla busta, ed era l'indirizzo del destinatario.

Mara, amore mio,
    il vitellino è nato e l'abbiamo chiamato Ettore, un nome da bambino perché il parto è stato lungo e faticoso e l'abbiamo seguito come avremmo fatto con un essere umano. Oltre alle mucche abbiamo dieci galline, sei conigli, sei maiali, un cane e un cavallo. Stare dietro a tutti gli animali non è facile ma abbiamo bisogno di loro, per esempio per il latte e le uova. Resterò qui finché non avrò imparato alcune cose che mi serviranno nella vita. A volte avrò dei permessi e potrò tornare da te. Intanto facciamo un gioco: la sera prima di addormentarti affacciati in balcone, trova la stellina piú luminosa e salutala. Io farò lo stesso (avvantaggiato perché in campagna le stelle si vedono meglio che in città). Scommettiamo che sarà la stessa?

Giovanni rilesse due, tre volte, piegò il foglio e lo infilò in una busta, ma prima di sigillarla ci ripensò, la riaprí, rilesse, richiuse. Gli sembrava che mancasse ancora qualcosa, quando l'ora riservata alla corrispondenza e alla lettura finí. Il responsabile passò a ritirare le lettere, come a scuola quando si consegnavano i temi. A malincuore lasciò andare quello che aveva scritto.

Era stato lui a chiedere di essere mandato in comunità.
Era successo una sera dopo cena, quando i Santatorre sedevano tutti attorno al tavolo, la madre, il padre, i fratelli. Giovanni era rientrato per cercare soldi oppure oggetti da vendere, li aveva sentiti parlare e si era fermato sulla porta. La signora Santatorre non era d'accordo. «Dovete portarmelo via un'altra volta? Non avete visto che mandarlo a Milano non è servito a niente?» Giovanni disse che sí, voleva andarci, in un posto dove il mondo si sarebbe dimenticato di lui.

Quando l'avvocato scoprí di avere un tumore ai polmoni, Giovanni era appena arrivato, ma ottenne un permesso speciale.
Tornato a casa, si fermò prima in soppalco, prese la scatola di fotografie che si era portato dietro dopo la separazione da Aurora. Vide Mara che gli si aggrappava alle gambe mentre lui, appoggiato a un muro, fumava e parlava con qualcuno che non riconosceva. Quel momento nei suoi ricordi non esisteva; non esistevano quel viso né quella situazione, era tutto perso insieme a chissà quanti altri giorni. Magari sarebbe stata proprio Mara, da grande, a raccontargli con chi erano e di cosa parlavano. Poi un'altra foto, erano insieme alle giostre, Mara a cavallo di un piccolo leone rosa. Quel pomeriggio lo ricordava meglio, vicino c'era una villetta dove spacciavano e lui aveva lasciato sua figlia a giocare per comprare quello che gli serviva. Era andato a riprenderla appena prima

che facesse buio, ormai specializzato nell'arte di evitare disastri. Mara lo aspettava in piedi vicino al cancello. «Papà, ho finito tutti i gettoni», gli aveva detto, e basta. Guardò altre foto. La figlia era ovunque ma non era lei che cercava. Non aveva mai pensato di essere bello, non se n'era mai interessato, ma per la prima volta pensò che non era male, nell'inverno del '78 con i ricci spettinati accanto al pancione di Aurora. Guardò le foto successive. Di colpo era smunto dentro una vecchia camicia da ricchi, che piú era logora e piú trasudava borghesia. Poi addormentato sul divano, mentre Lou Reed cantava dallo stereo. Infine in camera da letto, in quello scatto in cui non voleva alzarsi e gli sembrava di sentire la porta del bagno che si apriva e la risata di Aurora dietro la polaroid che lo sorprendeva dentro la doccia.

– Oh, finalmente. Sembri in salute, – lo accolse suo padre.

Non si poteva dire altrettanto di lui, pensò Giovanni mentre la colpa gli precipitava addosso.

– Siediti, parliamo un po'.

Giovanni provò a muoversi in direzione della sedia vicino al letto, ma le gambe non obbedirono.

– È l'ultima volta che possiamo farlo, sto morendo.

– Smettila, – intervenne la moglie, ma l'avvocato le fece segno di lasciarli soli.

Finalmente Giovanni riuscí a dire qualcosa: – Non ce l'ho fatta a venire prima.

– Non ce l'ho fatta nemmeno io, – rispose il padre, e non c'era bisogno di spiegare se non ce l'aveva fatta a parlare con suo figlio, nei giorni precedenti, quando con una scusa o l'altra si negava al telefono, oppure a capirlo o addirittura ad aiutarlo nella vita.

Il pudore della malattia mise a tacere molte domande e altrettanti rimproveri. Dopo i saluti, nella stanza rimase solo un perdono reciproco e ormai inutile.

Pochi mesi dopo morí anche il fascistissimo, per un infarto che a bassa voce fu chiamato crepacuore. In città tutti erano convinti che il direttore e l'avvocato fossero morti di dolore.

Aurora rimase sola con Mara nella villetta dei Silini; i fratelli si erano sposati e la madre, che non aveva mai amato la vita in città, era tornata nel suo paese d'origine.

Giovanni continuava a scrivere lettere, tutte le settimane. Le prime erano indirizzate solo a Mara, poi spuntò un secondo foglio per la moglie che a volte conteneva un semplice «mi manchi», altre un tentativo di condivisione, una grezza domanda di attenzioni: slanci che si alternavano a una brusca freddezza burocratica, quando a Giovanni serviva qualcosa. Aurora dava un segnale solo in quel caso, limitandosi a infilare nella busta il documento richiesto. A poco a poco le lettere tornarono a essere indirizzate solo a Mara, e Aurora ritenne giusto che fosse la bambina ad aprirle da sola.

Nel giudizio scolastico Mara fu definita «attenta ed equilibrata». Non era piú la neonata paffuta la cui inquietudine spuntava a tradimento nello sguardo. Ora le ossa, slanciandosi, si erano assottigliate, la carne ridistribuita tirandosi e allungandosi sulle giunture. Gli occhi erano sempre grandi ma non erano cresciuti in proporzione con il viso, spiccavano meno di un tempo. Era diventata una bambina esile. Già prima della scuola aveva dimostrato capacità di concentrazione, imparava tutto velocemente, in classe si era inserita senza difficoltà. Al primo colloquio, Aurora spiegò alla maestra che il padre abitava lontano («separati» era una parola che proprio non riusciva a pronunciare, cosí come «comunità») e lei si stupí: – Non l'avrei mai detto, signora, è un'alunna molto tranquilla –. Aurora si sentí sollevata: se non altro sono riuscita a fare qualcosa di buono, si disse dandosi un po' di pace. Giovanni, invece, non poteva perdonarlo.

Un pomeriggio sentí un tonfo, un urlo e un pianto a dirotto. Mara era a terra, sotto la bicicletta nuova. Aurora credé di morire al posto suo e la sgridò: – Come ti è venuto in mente, se non abbiamo ancora imparato?
– Non dire «abbiamo»! Ero io che dovevo imparare! E tu non me l'hai insegnato! Rimandavi sempre...
– Ma te l'hanno appena regalata!
– Non è vero, è passato un sacco di tempo.
Aveva ragione. Aurora tirava fino agli ultimi del mese, tutti i mesi, senza fermarsi davanti a niente, ansiosa, preoccupata, e non solo per i soldi. Gliel'aveva promesso solo per rimandare, ogni volta.
– Tutti i miei compagni sanno già andarci!
Pochi giorni dopo si prese un pomeriggio di libertà e portò la bambina ai giardini («Mamma, ma va bene anche il cortile di casa», «No, amore, ti meriti uno spazio grande», «Grande quanto?» «Piú o meno quanto tutto il mondo») e le insegnò l'equilibrio su due ruote. Quando lasciò andare il sellino le tremavano le mani, era piú emozionata di lei, sedette su una panchina e la guardò pedalare. Quella sera, Mara disse che non aveva mai trascorso una giornata cosí bella. – Grazie mamma, grazie, grazie, – ripeté prima di addormentarsi.

E poi la vecchia 500 si trasformò nella limousine privata della bambina e Aurora nel suo autista. La scorrazzò ovunque: compleanni, negozi di giocattoli, librerie. Niente sfarzo, solo una normalità che le avrebbe permesso di confondersi con gli altri. Se c'era da andare a prendere Mara, Aurora si forzava anche se era stanchissima, si infilava il cappotto per uscire e l'aspettava in macchina fuori dalla piscina o davanti al portone del doposcuola. – Ma mamma, non ti sei tolta neanche le pantofole, – notava Mara infastidita.

11.

In comunità, Giovanni stava in piedi dalle cinque di mattina fino a sera tardi: coltivava l'orto, mungeva le mucche, dava da mangiare a conigli e galline, coordinava i lavori per tirare su una nuova ala della casa di accoglienza. I venticinque ragazzi ospiti e i responsabili si fermavano solo per pranzare. Poche visite dei familiari, contatti telefonici vigilati, crisi di astinenza imprevedibili e spaventose. Superate tutte le prove di affidabilità, Giovanni fu scelto come punto di riferimento per i nuovi arrivati. Era solo una strategia per responsabilizzarlo, però quell'investitura lo fece sentire considerato, rispettato. Ne trasse una soddisfazione utile a tirare avanti.

Quando vedeva Mara immalinconirsi senza un perché, Aurora sentiva tutta la precarietà del suo teatrino. Diventava sempre piú difficile fingersi disinvolta con le altre mamme, fuori dalla scuola o dalla piscina, nei salottini delle feste pomeridiane accanto alla stanza dove giocavano i bambini. Aurora cercava di evitare quelle occasioni, ma la scusa del lavoro non sempre reggeva e poi la sua presenza faceva parte di quella solidità d'apparenze che stava costruendo attorno alla figlia. Si sentiva assediata dalla pesantezza della provincia: pellicce, croci giuste sulla scheda elettorale, famiglie inossidabili e inossidabili ipocrisie. Aurora pensò che il marito, uscendo dalla comunità, non avrebbe trovato neanche stavolta il suo posto nel mondo.

Per Giovanni gli anni si fermarono. In comunità ciascuno si portava dietro il proprio universo sotto forma di una foto da appendere alla testata del letto. Per lui era un'immagine di loro tre sul traghetto, sullo sfondo la scia di un mare luccicante e festoso. Aurora sorrideva e Giovanni indicava un punto verso il quale Mara guardava con curiosità.

E poi c'era il resto del mondo. Dentro si leggevano pochi giornali, la vita fuori diventava, nella memoria, un luogo impreciso e affollato; la linearità si convertiva in una ciclicità ancestrale, contadina, scandita dalle stagioni e dai cambiamenti della natura. Può darsi che quello che chiamiamo tempo esista solo nei rapporti con gli altri, pensò Giovanni mentre apriva una busta dopo l'altra.

Caro papà,
mi è piaciuta tantissimo la descrizione del maialino che non vuole essere catturato. Penso anche io che non è giusto mangiarlo. Come stanno le galline? E il vitellino Ettore?
Sto bene e ho preso bravissima nei pensierini in cui ti ho descritto proprio come sei, con i baffi e gli occhi azzurri.

Caro papà,
non posso ricopiarti i pensierini perché la maestra ha preso il mio quaderno per correggere i compiti e non me l'ha ancora riportato. Secondo me il nome giusto per la gallina nuova è Cocorita.

Caro papà,
sono contenta che ai tuoi amici è piaciuto il nome Cocorita. L'ho letto in un fumetto. Spero che mi manderai una sua

foto e non la mangerete. Avete anche dei gatti? La mamma non mi fa tenere nemmeno le tartarughe. La mia amica ha un criceto però non l'ho ancora visto.
 Ciao papino, raccontami altre storie.

Giovanni prese molto sul serio la vita bucolica. La zappa e la stalla erano necessarie per combattere l'astinenza e a lui piaceva sporcarsi di fango fino a non pensare. La madre e i fratelli speravano nella disintossicazione e sopportavano quel ridicolo entusiasmo campestre davanti al quale pensavano soltanto: va bene, divertiti con questo nuovo giocattolo, poi per favore torna a casa e diventa uomo una volta per tutte. Solo Mara era piú interessata al mezzo che al fine, perché poteva vantarsi del padre con gli altri bambini. «Ha dieci galline, sei conigli, sei maiali, un cane e anche un cavallo!» elencava tutta orgogliosa, godendosi l'ammirazione che quell'elenco di animali poco domestici suscitava fra i coetanei. E poi c'era il carteggio, il loro nuovo appuntamento privato. Scrivere, rileggere, sigillare, incollare il francobollo: ogni settimana la bambina ripeteva i rituali aggiustando un dettaglio che la faceva sentire sempre piú autonoma.

Aurora rendeva Mara indipendente e riprendeva fiato: piú sua figlia imparava a fare da sé piú gli spazi di solitudine aumentavano, aprendo nuove finestre nella claustrofobica vita a due. Trovò il coraggio di riprendere i contatti con i docenti universitari che in passato le avevano manifestato stima, per scoprire che non l'avevano dimenticata. Fu sorpresa di sentirsi di nuovo accolta e tornò in facoltà sempre piú spesso finché frequentarla non diventò di nuovo un'abitudine quotidiana, ma stavolta dall'altra parte della cattedra. Appena la campana dell'ultima ora concludeva i doveri scolastici, Aurora smetteva di fare la maestra e correva a fare esami, ricevere e aiutare le matricole. Se a scuola non le interessava dimostrare di quanta dedizione potesse essere capace, in quelle aule riconquistate non si risparmiò, anche se non la pagavano. Si era presa il posto che le spettava ed era intenzionata a tenerselo stretto.

In comunità Giovanni incontrò una psicologa.

La prima domanda non riguardò né la sua infanzia né l'eroina: la dottoressa gli chiese se avesse mai tradito la moglie. E lui, che non si era preparato, rimase zitto a pensare.

Sí, l'aveva tradita, a Milano, piú volte. Non ricordava molto di nessuna esperienza, erano mesi confusi, di dipendenza totale, si bucava con gente che non conosceva, andava a letto con donne che non aveva mai visto e non avrebbe mai piú rivisto. Solo una volta era stata degna di memoria, con una ragazza danese. Sulle panchine della stazione si erano scambiati qualche sguardo prima di cominciare a parlare. Lei veniva dalla comunità di Christiania e Giovanni le aveva fatto un mucchio di domande anche se erano soprattutto una scusa per abbandonarsi alla sua voce, a un accento che rendeva ogni aneddoto buffo e amaro. La ragazza gli aveva raccontato il suo approdo nel quartiere anomalo e leggendario dove era difficile farsi accettare e poi ancora piú difficile andar via, perché ci si stava bene davvero. «Allora perché te ne sei andata?» avrebbe voluto chiederle, ma non lo fece. Interrotti dalla polizia e invitati ad allontanarsi dalla stazione, Giovanni e la ragazza erano usciti per finta e poi rientrati incamminandosi di fianco ai binari. Nel frattempo avevano comprato l'eroina. Si erano bucati insieme vicino a un binario morto. Appena sveglio, all'alba, Giovanni aveva spogliato e coperto di baci quel corpo lattiginoso, ossuto. Quando si erano salutati, però, aveva provato sollievo: era di nuovo troppo lucido per tollerare qualsiasi invadenza di sentimenti. Nelle settimane successive aveva provato a chiedere notizie della ragazza in stazione, qualcuno la conosceva ma nessuno l'aveva piú rivista.

Alla psicologa disse solo: – Non credo di aver bisogno di questi incontri, mi sento piú utile di là nell'orto.

Aurora vinse un dottorato di ricerca e poté mettersi in aspettativa dalla scuola. Chiamò la madre per darle la bella notizia, e lei la gelò: – Hai già un lavoro sicuro, a che ti serve questa parentesi?

Si immerse nelle ricerche d'archivio decisa a dare il meglio.

Al bibliotecario piaceva quella ragazza dall'aria stanca, che non si staccava mai dai libri. Si lanciò dandole un «tu» che Aurora non ricambiò, finché, messo alle strette, dovette ripristinare la distanza del «lei».

– Dottoressa Santatorre? – la interrompeva con ogni scusa, un titolo appena arrivato che poteva interessarle, la segnalazione di un articolo. Aurora rispondeva ancora a quel cognome e sentirsi chiamare cosí era come trovarsi davanti a un'istantanea di lei e Giovanni insieme, anche se ormai fuori fuoco. Una mattina si lasciò offrire la colazione e qualche giorno dopo, nella stessa università in cui aveva conosciuto suo marito, accettò un invito a cena. Lui propose un ristorante, lei obiettò che non aveva molto tempo, doveva rientrare presto per liberare la cognata che le aveva fatto il favore di restare a casa con la bambina, forse sarebbe stato piú adatto un bar, per una cosa veloce. Finirono in un locale di compromesso che non piaceva a nessuno dei due. Aurora non riuscí a concentrarsi, notava solo come quell'uomo fosse diverso da Giovanni. Eppure, quando nel salutarla lui la baciò, volle abbandonarsi a quella sensazione dolce, senza spine. Sarebbe cosí facile, dovette ammettere con sé stessa, andare avanti. Ma si ritrasse subito. Lui chiese se fosse per via di Mara. Aurora si irrigidí, rispose che non c'entrava nulla e si sentí offesa sentendo il nome di sua figlia su quella bocca estranea.

Quando Giovanni ottenne il primo permesso dopo la morte dell'avvocato, tornò in città e subito comprò un paio di pattini per Mara. Si fece coraggio e telefonò. Rispose Aurora.
– Allora sei qui, – il bentornato le rimase in gola. – Immagino che tu voglia vedere la bambina.
Giovanni si allarmò temendo che la moglie glielo negasse: – Sono venuto soltanto per lei, – la implorò. Ma quella parola, «soltanto», pesò piú del dovuto.
– Sí, non ne dubitavo.
– Posso?
– Certo, – sospirò Aurora, e si trattenne dall'aggiungere altro.
Per sei pomeriggi consecutivi, finiti i compiti, Mara si affacciava alla finestra e trovava suo padre ad aspettarla dall'altro lato della strada. Trascorrevano insieme le ultime ore pomeridiane, pattinando sotto tramonti color ocra. Ogni tanto Giovanni la portava in spiaggia. – Vieni, bagniamoci i piedi, ti ricordi come dicevi da piccola? «Papà, andiamo ad assaggiare l'acqua!» Ma poi l'hai scoperto che sapore aveva quest'acqua? – Mara rideva e lui incalzava: – Davvero non vieni mai qui? Davanti a casa! Perché mamma non ti porta a giocare sul mare? – Ma papà, mamma non ha mai tempo –. Giocavano a calcio o a pallavolo sulla sabbia finché non si faceva ora di cena: un'estasiata solitudine a due, rarefatta come l'aria di fine estate.

– Dove siete andati? C'era qualcun altro con voi? – Aurora aspettava in agguato tutte le sere. – Mi preoccupo per te, capisci? – Mara non capiva: la mancata fiducia della madre le guastava i giorni di festa.

La sera prima di ripartire, dopo aver salutato la figlia, Giovanni si incamminò verso casa. I pescatori preparavano le lampare, c'era il cielo che precede l'imbrunire e gli sembrò che lo Stretto avesse gli stessi colori delle sere di quand'era bambino. Qualcuno gli toccò una spalla: – Dammi qualcosa –. Un ragazzo arruffato, che stava in piedi a stento ma aveva ancora la forza di chiedere soldi. – Piantala, – rispose Giovanni scocciato. – Forza, tirati su –. In comunità aiutare i ragazzi in crisi era all'ordine del giorno, ma adesso viveva un'altra dimensione, stava facendo le prove generali per una nuova vita, non voleva intrusioni. E poi quella era la sua città, la città che lo aveva soffocato e imprigionato, il luogo dove c'erano le persone che amava, dove aveva vissuto e si stava preparando a tornare. Provò fastidio. Chi era quel ragazzino? Che faceva lí, davanti al suo mare, fra le sue barche? In città c'era una nuova generazione con nuovi problemi, nuove droghe, nuove idee o forse nessuna. Il ragazzo continuava a fissarlo, finché non gli si attaccò alla camicia: – Vaffanculo! Borghese! E dammi un po' di soldi! – Giovanni lo spinse per toglierselo di dosso e quello volle cadere platealmente, facendo fermare i passanti. Qualcuno, indignato, lo rimproverò: – Ma faccia piano, non si è accorto che è un bambino, che non sta bene, povero ragazzo?

Quella sera non riuscí a dormire. Ecco perché gli piaceva stare in comunità: la vita di campagna, la sera, lo faceva svenire al solo sfiorare il materasso, invece erano bastati sei giorni di città perché ricomparisse l'insonnia. Giovanni si infilò una felpa e uscí. Al solito angolo cercò la sagoma di Ines, era tardi, ma in passato capitava che dopo il primo giro lei tornasse per qualche cliente notturno. Aveva deciso di essere uno di loro, poteva bucarsi un'ultima volta, ora che era pulito e fuori pericolo. All'improvviso gli era sembrato doveroso, fatale. Ines però non c'era. Non c'era piú nessuno.

Tornò a casa. Chiuse la valigia, scrisse un biglietto per salutare la madre, uscí in anticipo e ripartí.

12.

Mesi dopo, Giovanni ebbe un altro permesso. Arrivato a Messina, chiamò Aurora e questa volta non ci girò attorno: – Vorrei vederti.

Si incontrarono sul lungomare vicino al porto, tutti e tre. Il ponentino si era portato via le nuvole, l'aria era fredda e luminosa. Dopo aver abbracciato suo padre, Mara cominciò a pattinare e loro due sedettero su una panchina. Giovanni raccontò la fatica della comunità, Aurora ascoltò prima con fastidio (Perché non parla di noi?, non riusciva a smettere di pensare, cos'ha di interessante questa sua vita di campagna?), poi meravigliata e divertita.

– Duecentocinquanta grammi di pasta?

– Se ti svegli all'alba e lavori come un bracciante, quando arrivi alla mezza ne hai, di fame –. Ora anche Giovanni rideva.

– No, aspetta. Duecentocinquanta non è normale. Ma condita? Cioè, col sugo? – Aurora esaminò i polsi magri di suo marito. Era poco piú in carne rispetto agli anni bui, ma sempre asciutto come quando si erano conosciuti. – Vorrei sapere dove vanno a finire, perché se mangiassi come te non entrerei nei pantaloni.

– Ma se sei sempre piú bella.

Mara si avvicinò per farsi allacciare un pattino e Aurora ne approfittò per cambiare discorso.

– Non mi hai chiesto del dottorato, – e subito, senza interrompersi, – sto scrivendo la tesi –. L'eccesso di orgoglio tradí subito l'insicurezza.
– Sei stata brava a ricominciare.
– Senti chi parla.
Allora lo sa anche lei che si può tentare daccapo, si disse Giovanni, allora forse posso prenderle la mano. Un nuovo inizio, la cosa piú semplice del mondo!
– Dobbiamo formalizzare la separazione. Legalmente, intendo.

Mancavano poche ore alla partenza e Giovanni non trovava pace. Neppure vedere Mara l'aveva rasserenato, gli era sembrata di colpo cosí piccola mentre lo salutava girandogli le spalle per tornare a giocare. Guidò senza meta, fuggí il traffico e imboccò una strada che si inerpicava a serpentina. Parcheggiò di fronte al piccolo cimitero a strapiombo sul mare, il cancello era accostato. Lo aprí con una spinta e si diresse verso la tomba del padre. Sull'epitaffio spiccava una parola, «avvocato», la definizione di tutta una vita. L'ovale in bianco e nero incorniciava un'espressione compunta. Accanto, una tomba vuota. Forse per quando toccherà a mamma, si disse. Il sole non scaldava piú.

Cara Aurora,
    sono passate tre settimane. Le ho contate anche se qui il tempo è un'isola, come avevo provato a spiegarti.
    Quello che mi hai chiesto ha messo a soqquadro i ricordi, che del resto ognuno vive a modo suo. Non abbiamo mai usato lo stesso dizionario. Parole uguali, significati diversi. Dicevamo famiglia: io pensavo a costruire e tu a circoscrivere; dicevamo politica: io ero entusiasta e tu diffidente. Io combattevo, tu ti rifugiavi. Se non ci fosse stata Mara ci sa-

remmo persi subito, ma almeno non avremmo continuato a incolparci per le nostre solitudini.

Quando penso agli anni trascorsi mi sembra che siano andati tutti al contrario. Abbiamo avuto una casa, una figlia, una laurea senza sapere che farcene, e ora che lo sappiamo ci stiamo già dividendo le briciole. Ci saluteremo da balconi e finestrini d'auto portando e prendendo Mara da un posto all'altro, finché lei non se ne andrà per la sua strada e allora ci incontreremo alla sua laurea e al suo matrimonio. Avremo un nuovo marito e una nuova moglie e non ripeteremo gli stessi sbagli perché avremo imparato dall'esperienza, che poi è la somma di tutte le cazzate fatte.

Non so dove andrò una volta uscito da qui e mi ha fatto male che tu non me l'abbia chiesto. Vorrei aprire un ristorante o fare il giro del mondo. Per ora mi basta essere ancora vivo: non avere eroina in corpo mi fa sentire un dio, anche se inutile e impotente. Ma forse dio è proprio così.

Visto che lo desideri firmeremo la separazione, però prima scrivimi una lettera, perché ancora oggi, quasi dieci anni dopo averla incontrata e con la certezza di averla amata, non so chi sia Aurora Silini.

Chi sono, pensò Aurora. Non sono nell'esistenza accondiscendente di mia madre, nelle scelte convenzionali dei miei fratelli, sono sopravvissuta a mia sorella. Ho perso l'isolamento della mia infanzia, le paure che avevo da bambina. Il mondo mi ha confusa e tu sei stato il primo ad avermi sorriso. Ora c'è solo Mara. Un giorno ringrazierà te che l'hai desiderata, me che l'ho protetta o nessuno dei due.
Invece scrisse:

Caro Giovanni,
   non so proprio cosa raccontarti. Sono stanca di te che ti perdi, ti ritrovi, ti disperi, torni saggio mentre io rimango a guardare. Tra dieci anni tu potrai dire di avere vissuto, io di aver pagato affitti, bollette e libri scolastici.

Non è la lettera che avresti voluto. Neanche io sono quella che avrei voluto, essere viva è un miracolo pure per me. In passato non ho avuto la tua debolezza ma ora vorrei il tuo coraggio.
Stammi bene.

Pochi giorni prima del Natale successivo firmarono la separazione. Quella mattina Aurora lasciò a scuola Mara, che sembrava non aver sospettato niente. Non si dissero quasi nulla ma salutandosi Giovanni le diede appuntamento per la notte, e lei accettò. Si incontrarono in spiaggia, fecero l'amore e rimasero insieme fino al mattino.

Alcuni mesi dopo, Giovanni utilizzò un permesso breve per andare in Emilia a un concerto di Pierangelo Bertoli, che era stato marxista-leninista come lui. In quella regione Giovanni aveva i suoi ricordi piú importanti, da Gipo al Convegno di Bologna. Bertoli si dichiarava ancora marxista, e in cuor suo anche Giovanni, ma adesso aveva solo voglia di cantare. Si infiammò con *A muso duro*, si divertí con *Pescatore*, ma la voce gli si smorzò su *Per dirti t'amo*, la canzone con cui aveva corteggiato Aurora interrompendola a tradimento mentre studiavano.

Leggendo che il fondatore dei marxisti-leninisti era approdato a Comunione e Liberazione dove stava facendo una brillante nuova carriera, Aurora ebbe l'impulso di telefonare a Giovanni. Non di scrivergli, proprio di sentire la sua voce, urlare rancore verso il mondo e chiedergli di urlarlo insieme. Ovunque vedeva ex profeti rinascere candidamente con due parole, «Ho sbagliato», e giú una pioggia di scuse: buona fede, ingenuità, immaturità. Ovunque vedeva gente che negava e seppelliva e, con tristezza improvvisa, vedeva cambiare anche sé stessa: si vestiva e si truccava in modo diverso, si comportava con una nuova leggerezza, cantava canzoni banali che un tempo lei e Giovanni avrebbero liquidato come disimpegnate. Mara portava da scuola ultime mode e novità e lei ci si aggrappava. Aveva conservato quel ritaglio di giornale sulla scrivania, quando si decise a chiamare Giovanni. Telefonò in comunità fuori dall'orario e dal giorno consentito: – Sono sua moglie, – si presentò. Non glielo passarono lo stesso. Buttò l'articolo nella spazzatura.

Giovanni si godeva i benefici della disintossicazione. I denti non marcivano piú, le ossa si fortificavano. Qualcosa però non tornava, come un mal di terra: rimpianto del maremoto, sbandamento, vertigini. Fare l'amore con Aurora l'ultima volta era stato struggente, ma comunque un preludio ad anni di tribunali e assegni; sua madre e i fratelli tiravano fuori i soldi per la comunità e intanto lo trattavano come uno zombie. Solo le lettere di Mara lo riscaldavano con la luce trasparente dell'infanzia, nelle parole di sua figlia la terra tornava mare. Fra non molto diventerà adolescente e allora l'accompagnerò nel mondo, si ripromise, scacciando il dubbio che il mondo l'avesse già trovata.

Fratelli e cognate di Aurora non mancavano mai di lasciar cadere una frase ostile: le donne perché non aveva un nuovo compagno, gli uomini perché temevano che se ne facesse uno. Li ignorava, abituata a cavarsela da sola, mentre pensava spesso a Rosa. Di notte la sua caduta nel vuoto continuava a svegliarla.

Dopo quel tentativo andato a male non chiamò piú in comunità, invece telefonava spesso ai cognati per sentirsi ripetere che Giovanni stava bene, il recupero procedeva. Andò a trovare la suocera, che invecchiando reclamava compagnia. Appena la vide, attaccò: – Aurora, ti ho mai raccontato di quando in guerra avevano fatto prigioniero l'avvocato? E io da sola sotto le bombe... – Una litania a cui Giovanni aveva sempre risposto con una risata: «Mamma, mica l'ha fatto apposta per lasciarti sola!» Aurora ricordò il pomeriggio in cui gli aveva chiesto la separazione, anche lei stizzita per un abbandono che forse si era inventata. – No, signora Santatorre, non me l'ha mai raccontato –. Si guardò intorno nella casa in cui era cresciuto Giovanni cercando tracce dei loro primi incontri, mentre Mara curiosava nel soppalco fra gli oggetti d'infanzia del padre; Aurora non lo sapeva e la madre di Giovanni non lo disse, ma ogni volta che la bambina sbatteva la testa contro il soffitto la casa risuonava dello stesso rumore di quando Giovanni era piccolo.

Le giornate di Giovanni erano scandite dalla mensa, dall'orto, dai colloqui con i nuovi arrivati. Pensò che la comunità avrebbe potuto essere il posto giusto per far vivere le vecchie utopie, ma il tempo della politica per lui era finito. Peccato, perché per la prima volta a Giovanni non pesavano né il suo cognome né la sua storia. Con l'energia di quella gente che arrivava da esperienze diversissime, si liberava di una vita precedente e provava a ricominciare daccapo, la rivoluzione si sarebbe potuta fare per davvero, pensava: se non ci ha ammazzato l'eroina, non ci ammazza piú nessuno. A volte, prima di salire in camera per la notte, rimaneva fuori a fumare, guardava il cielo, si ripeteva passi delle lettere di Mara, convinto che solo sua figlia lo capisse.

In realtà lo scambio di lettere confortava Mara solo in parte. All'inizio era stata rapita dal mondo raccontato da suo padre, poi era tornata nel suo, quello di un'infanzia trascorsa in solitudine, tra biciclette e nascondigli segreti. Appena Aurora usciva per fare qualche commissione o per andare all'università, i mobili si ingigantivano, il corridoio di casa si trasformava in un viale infinito. Mara tratteneva il fiato, la sete, la pipí. Quando la madre girava le chiavi nella toppa, fingeva di ignorarne il rientro. Non le raccontava mai quanta paura aveva avuto, convinta che ne avrebbe sofferto, e poi preferiva stare da sola piuttosto che subire una delle nonne, o peggio ancora gli zii, con cui si annoiava a morte. Prima di farsi comprare giornalini e fumetti, rubava dalla libreria del salotto i romanzi per ragazzine che Aurora leggeva alla sua età e non aveva mai restituito alle suore, «Mamma, ma come facevi a leggere queste schifezze?» però non li mollava. A volte, mentre leggeva, Aurora doveva chiamarla piú volte prima di ottenere la sua attenzione. La portò dal pediatra e accennò ai problemi familiari. Fu liquidata con un esame audiometrico e la raccomandazione di non andare troppo per il sottile: «Una bambina non ragiona come un adulto, non soffre per le stesse cose: tutt'al piú piange per un giocattolo rotto». Ho capito, pensò Aurora, questo qui al massimo mi può firmare qualche certificato medico per la piscina. Comprò una serie di classici per l'infanzia dalle copertine moderne. L'entusiasmo della figlia le confermò che aveva fatto centro.

Quando si era tirata fuori dalla corrispondenza fra Giovanni e Mara, Aurora sapeva che quel rapporto le sarebbe diventato inaccessibile. Si tranquillizzò pensando che almeno loro due sarebbero rimasti uniti. Un pomeriggio cedette all'indiscrezione, entrò in camera di Mara e tirò fuori le lettere da un cassetto. Trovò conforto e invidia nello scambio tra padre e figlia, in quella complicità che si andava rinforzando.

Si avvicinava la fine del dottorato, non voleva tornare a insegnare a scuola ma si poneva di nuovo il problema della sussistenza. Rispose al bando di una fondazione privata per continuare le sue ricerche, stava studiando i fasci siciliani di fine Ottocento, le utopie democratiche e socialiste e la repressione del governo Crispi. Un argomento ampio quanto sicuro, una fondazione di storia regionale non poteva non essere interessata. Qualche mese dopo in graduatoria non trovò il suo nome, ma appena vide fra i vincitori un collega che si era laureato dopo di lei, che non aveva ancora pubblicato niente e si occupava di temi minori, decise di chiarire la situazione di persona. La sede si trovava al secondo piano di un palazzo sontuoso. Attraversando l'androne Aurora fu disturbata da due cani in marmo bianco. La ricevette il segretario, che la invitò a parlare dopo averla squadrata da capo a piedi. Senza neanche farla finire, scorse col dito l'elenco dei candidati. – Silini, ecco: la sua domanda è stata rifiutata per «l'immaturità del progetto di ricerca, che manca di originalità e di completezza scientifica». Dottoressa, è giovane, non si scoraggi.

– Forse, ma prima presenterò ricorso.

– Cosa vorrebbe fare? Siamo una fondazione privata, assegniamo le nostre borse di studio secondo i criteri che riteniamo piú opportuni.

Quella sera Mara si chiuse in camera per scrivere a Giovanni. Aurora restò in cucina in compagnia del vento contro gli infissi. – E accidenti a questa catapecchia, – borbottò chiudendo la finestra con una spallata.

Caro papà,
    la mia bici è diventata piccola, ma mamma dice che mi comprerà quella nuova fra un anno. Vado ancora sui patti-

ni ma vorrei anche lo skateboard. Ginevra ce l'ha e a volte me lo presta, però l'altro giorno è caduta e si è fatta un taglio in fronte e mamma non vuole piú che lo uso. Tanto ci vado lo stesso. Non dirglielo, ok?

Mara sapeva che i suoi genitori non si parlavano piú, ma poteva permettersi il lusso infantile di ignorarlo.

Giovanni cominciava a chiedersi cosa avrebbe fatto finita la disintossicazione. Davvero avrebbe aperto un ristorante o avrebbe intrapreso un viaggio intorno al mondo, magari verso Nord, verso l'aurora boreale che aveva sempre sognato? Chiese un colloquio con un superiore.
– Non hai neanche trentacinque anni, – fu rassicurato, – è l'età in cui molti cominciano a vivere –. Vero, ma non per lui. Lo sguardo di Mara era lo sberleffo di una vita già alle spalle, il ricordo dei suoi vent'anni andati a male.

Giovanni scese in cortile dove i ragazzi tiravano calci al pallone, si spintonavano e si braccavano urlando. A bordo campo li incitava un nuovo arrivato, con pochi denti e una ragnatela di rughe agli angoli della bocca. Doveva essere stato un ragazzone, stabilí Giovanni, poi gettò il pullover per terra, si arrotolò le maniche, gli saltò addosso. – Forza, forza! – e insieme si buttarono nella mischia.

Si chiamava Renato, scoprí dopo la doccia, passandogli l'accendino mentre si asciugavano alla stufa della stanza comune. Ventisette anni, romano, tossicodipendente da dieci. – Prima sigaretta in prima media, – si vantò, Giovanni rise e si ricordò che anche lui l'aveva rubata dalle tasche di suo padre piú o meno a quell'età. Si raccontarono. Furti, scippi e risse per Renato, che non aveva finito la terza media e della periferia dove era cresciuto conosceva ogni angolo di marciapiede. Poi toccò a Giovanni: l'università, il matrimonio, la tentazione della lotta armata. Renato non aveva mai letto un libro però era informato, seguiva la cronaca, aveva sempre votato a sinistra. Trattava Giovanni come un fratello maggiore piú istruito e piú saggio. – La mia generazione non è servita a niente, – disse Giovanni con l'aria di chi stabiliva l'inutilità di un vecchio soprammobile. Renato stava per fargli notare che almeno aveva attraversato la Storia. Lui cosa poteva raccontare? Che era nato, sopravvissuto e scampato alla morte in periferia, obbedendo alla logica che l'aveva messo al mondo, ovvero la moltiplicazione dei poveracci? Ma i guai non si pesano sulla bilancia. – Io nun ci ho figli, – si limitò a osservare, – pe' fortuna loro. E la tua quanti anni ha?

Caro papuccio,
  hai visto com'è bello avere un amico del cuore? Puoi dirgli i tuoi segreti ed essere sicuro che non li racconterà a nessuno. Ginevra è sempre mia amica. Le dico un sacco di cose che la mamma non sa. Non storcere il nasone perché non le dirò nemmeno a te.
  Stai tranquillo, io e la mamma stiamo bene e andiamo spesso dalla nonna. Mi ha detto che verrà a trovarti e le ho dato un regalino per te.

Renato disse a Giovanni che bisognava farsi le analisi. In comunità si parlava spesso del virus, ma pochi avevano il coraggio di fare il test e i responsabili trattavano l'argomento con cautela. L'esito positivo veniva interpretato come morte imminente: in un'altra comunità, dopo il responso, un ragazzo si era suicidato.

Giovanni decise di consultarsi con la madre, che sarebbe arrivata quel pomeriggio. Le sue visite lo intristivano. Ma che senso ha che si presenti cosí?, si chiese guardandola scendere dal taxi con l'aria inequivocabile di una signora abituata a essere servita. I ragazzi corsero a farle strada, lei li salutò con la finta ritrosia di una diva invecchiata e si incamminò verso il figlio. Aveva un'espressione preoccupata, avvolta in un cappotto che Giovanni non le aveva mai visto. Cosa c'entrava, adesso, un cappotto nuovo? Era inutile chiederglielo. Perché, non posso comprarmi un cappotto, che male c'è?, gli avrebbe risposto, o peggio: questo cappotto ha vent'anni, me lo ha regalato la buonanima di tuo padre, non penserai che con tutti i dispiaceri che ho addosso per colpa tua io trovi anche il tempo di comprarmi un cappotto. – Ciao mamma, – si avvicinò a darle un bacio mentre si chiedeva come barattare la sua angoscia con la frase giusta, quella che aspettava da quando era nato. – Fa freddo, – esordí la signora Santatorre, e di nuovo si impose come vittima. Raccontò che gli altri figli lavoravano tutto il giorno. – Anche se non ci sanno fare, al contrario di tuo padre, – precisò. Da quando l'avvocato era morto la segretaria non innaffiava piú le piante e i clienti migliori erano rimasti solo per rispetto del cognome sulla targhetta. – Però i tuoi fratelli si ammazzano di lavoro, – insisté, e giú un'occhiata alla casa di accoglienza, un'occhiata che significava: c'è chi paga tutto questo, i tuoi capricci hanno un prezzo. Per lasciarsi raggiungere da quell'amore Giovanni doveva schivarne le bassezze, altro che chiedere consiglio. La paura rimase dov'era.

Papino,
    davvero ti è piaciuto il portacenere? La nonna mi ha detto che le hai detto che eri contentissimo e l'hai messo sul comodino. Evviva! So che preferisci i regali fatti con le mie mani ma volevo comprartelo lo stesso. Sono stata in gita con la scuola a Santo Stefano di Camastra dove vendono la ceramica, non te l'avevo scritto per non rovinarti la sorpresa (a proposito, la gita è stata bellissima!)
    Come stanno gli animali? Il nuovo cane è guarito dalla scabbia? Come l'avete chiamato?

A ritirare il risultato delle analisi ci andarono in tre: Giovanni, Renato e il responsabile della comunità. Al ritorno Renato ruppe il silenzio: – Porco cazzo, toccava a me, a me nun m'aspetta nessuno. Giova', io farei a cambio.

Aurora accompagnò Mara in piscina. Mentre la aspettava sfogliò una rivista lasciata nello spogliatoio, c'era un lungo articolo sul virus. Si diffondeva a macchia d'olio, come illustrava la cartina dove le freccette si spostavano dall'Africa agli Stati Uniti per poi tagliare l'oceano fino all'Europa. I tossicodipendenti che avevano scambiato siringhe erano a rischio, Aurora lo aveva sentito infinite volte. Non può essere che nessuno gliel'abbia detto, deve fare il test il prima possibile, glielo dirò io, si ripromise.

Giovanni trovò dentro di sé una sincera contentezza per Renato: che fosse sano gli sembrava finalmente un segno di giustizia. Quanto a sé, che fare? Voleva evitare di pensarci ancora per qualche giorno, stavano finendo di costruire la nuova ala della casa di accoglienza e c'era bisogno di tutte le sue energie. Per l'inaugurazione i ragazzi organizzarono una festa, Giovanni affiancò il cuoco in carica e preparò personalmente specialità siciliane che si rivelarono un successo, conquistandosi un bis dopo l'altro. La nuova struttura era perfetta, solida, avrebbe potuto ospitare almeno altri dieci ragazzi. Giovanni ricevette i complimenti per il coordinamento del lavoro. Solo Renato non si godeva la festa.

13.

In estate i genitori di Ginevra invitarono la piccola Santatorre nella loro casa estiva. Telefonarono ad Aurora: – La lasci venire per qualche giorno, ci fa piacere –. Mara era felice dell'invito. Aurora la aiutò a preparare la valigia e la accompagnò dalla sua amica, a pochi chilometri dalla città. Le si strinse il cuore perché prima di allora non si erano mai separate, ma cercò di non darlo a vedere.

All'arrivo Mara fu sorpresa da un mare di plastica che non assomigliava affatto allo Stretto di fronte a casa. Fissò la distesa di ombrelloni tutti uguali, poi si rilassò e decise di godersi la novità. Lei e Ginevra stavano in spiaggia tutto il giorno, tornavano al residence solo per cambiarsi, dormire e mangiare.

Una mattina era in ritardo, disse a Ginevra di cominciare ad andare, e i genitori della sua amica rientrarono mentre si pettinava in bagno.

– ... Dài, magari non se ne rende conto.

– Mah... quando capirà che suo padre è un drogato, vuoi che la prenda bene?

– Poveraccio, la buonanima dell'avvocato.

– L'ha fatto morire lui!

– Comunque mi sembra sveglia.

– Tua figlia ha un talento per le amicizie sconclusionate, peggio del tuo. E comunque sí, è sveglia come sua madre: non ti scordare che ci costa un piatto in piú tre volte

al giorno. Quella non ci ha pensato due volte a liberarsene e certo non sono morti di fame, anche se fanno tanto gli alternativi.
– Ma sí, basta che non me li ritrovo tutti dentro casa, – si sbrigò lui. – Senti, cercavi quella borsa? Non facciamo tardi.
Mara capí che non ce l'avrebbe fatta a fingere con sua madre. Al telefono si fece trovare affaccendata: una volta si stava vestendo, un'altra era il suo turno in qualche gioco. Aurora pensò che la figlia si stava divertendo e non aveva voglia di sentirla né di tornare. Tenne a bada il dispiacere dicendosi che Mara doveva crescere, che doveva distaccarsi da lei ed era giusto cosí. Quando finalmente la rivide, abbracciandola si commosse: – Mi sei mancata –. Mara si sentí tremare le ginocchia, si trattenne e solo quando furono da sole in macchina scoppiò in un pianto dirotto.
– Che è successo? Parla! – Aurora era sgomenta. Quando Mara raccontò della conversazione cui le era toccato assistere («Dicono che papà è un drogato, dicono che tu non vedevi l'ora di darmi via, dicono...»), provò a tranquillizzarla dicendo che la gente non era cattiva, solo stupida e mediocre. Mara non sembrava convinta e Aurora, mortificata, non aveva spiegazioni di riserva.

Caro papà,
in vacanza mi sono divertita un sacco: sono andata in spiaggia tutti i giorni e ho costruito dei castelli di sabbia altissimi. La sera potevo stare sveglia fino a tardi. Abbiamo fatto un giro sul gommone e mi sono tuffata al largo, dove non si tocca. Non uso mai i braccioli perché so stare a galla.
I genitori di Ginevra sono gentili.
Non ti dispiace non farti il bagno nemmeno una volta?

Giovanni fu convocato per i saluti e il congedo. – Sei pronto, – gli annunciarono, facendogli le congratulazioni. – Sono malato, – rispose, anche se lo sapevano. Non si era mai sentito cosí forte. – Se vuoi, puoi restare qui. Sarà sempre casa tua, abbiamo bisogno di persone come te –. Chi parlava era sincero: – Da oggi in poi lo scegli tu, il futuro per la tua vita –. Per quello che resta della mia vita, pensò, e disse: – Devo tornare da mia figlia.

> Caro papà,
> la mamma ha detto che mi regalerà il secondo libro di Violetta, di una scrittrice che si chiama Giana Anguissola. Ti ricordi che ti avevo parlato di *Violetta la timida*? È la storia di una ragazzina che prima è timidissima e poi non piú, però quando comincia a parlare non tutti la apprezzano e perde molti amici. E a te cosa piace leggere?

L'ultima notte in comunità Giovanni fece un sogno: aveva diciotto anni e tornava da una festa insieme ai compagni di liceo. Attraversavano la notte ubriachi, urlando e cantando per le strade deserte finché qualcuno non riuscí piú a camminare e si buttò su un marciapiede. Giovanni lo seguí, non trovava l'equilibrio, aveva bevuto piú di tutti. Anche gli altri si sedettero, formarono un cerchio e uno propose di giocare: «Immaginiamo come saremo da vecchi». Un coro di risate e le prime ipotesi deliranti e sciocche. No, pensò Giovanni, non deve arrivare il mio turno, e prese coscienza del fatto che stava dormendo. Quando si svegliò, la luna di campagna lo fissava dalla finestra.

La questione della primavera

14.

Scoccata la mezzanotte della disintossicazione, Giovanni non ebbe subito il coraggio di chiamare Aurora. Andò a stare dalla madre, dicendosi che sarebbe stata una soluzione provvisoria. Passava le giornate a camminare e pensare da solo, ma stavolta non in centro né sul lungomare: si addentrava nei quartieri periferici, dove non riconosceva nessuno e nessuno lo riconosceva.

Quando infine telefonò ad Aurora, la sua reazione lo sorprese: – Subito, vediamoci questo pomeriggio, – come se avesse fretta. A Giovanni sembrò che in qualche modo sapesse.

Al telefono né Aurora né Giovanni nominarono Mara. Nelle settimane precedenti, mentre prendeva forma il congedo dalla comunità, la bambina era rimasta esclusa: nelle ultime lettere Giovanni non le aveva neppure accennato che stava per tornare in città. Un accordo silenzioso a cui Mara stessa aveva contribuito non chiedendo nulla, come se le vicissitudini dei suoi genitori, e di suo padre in particolare, avessero smesso di riguardarla. Eppure sa che è imminente, notava Aurora osservando il silenzio della figlia. E ora stava per uscire con suo marito di nascosto, mettendo troppa cura nel prepararsi. Mara pattinava in corridoio, impaziente per l'arrivo di Ginevra.

– Ho letto che il test si deve fare due volte.
– Quando è negativo, non quando è positivo.
– Sí, ma perché non lo rifai in un posto serio...
– *Era* serio.
– Sí ma...
– Lo rifarò, Aurora, non è questo il problema.
– Tua madre lo sa?
– Che domande.
– Chi lo sa, allora?
– Volevo dirlo prima a te. Forse *solo* a te.
– Stanno studiando il vaccino.
– Lascia perdere, adesso dobbiamo pensare a Mara.

La madre non gli chiese mai di trovarsi un'altra sistemazione; dava per scontato che quel figlio ormai guarito (una guarigione di cui si attribuiva i meriti) le avrebbe fatto compagnia.

La mattina successiva all'incontro con Aurora, Giovanni dormí un po' piú a lungo. Vedendo che si faceva tardi, e annoiandosi perché non aveva nessuno con cui discutere su cosa preparare a pranzo, la signora Santatorre entrò a svegliarlo, aprí la finestra e con voce allegra gli chiese se aveva dormito bene. Giovanni pensò a quanta invidia aveva provato per quella stanza, che una volta era stata di suo fratello. Ora toccava a lui svegliarcisi dentro: doveva essere una specie di premio, un lasciapassare, invece non gli sembrava piú gigantesca come quando era bambino. – Allora, direi che possiamo regalarci un secondo di pescespada, ti è mancato, no? – continuò garrula la signora Santatorre. Come faccio a dirglielo, si chiese Giovanni ripensando a certe domande di Aurora. La reazione della moglie gli aveva confermato che parlare della malattia significava prendersi carico anche della preoccupazione dell'altro. Altro che alleggerire la propria! Ricordava gli occhi spaventati di Aurora, la forza con cui gli si era aggrappata pregandolo di fare di tutto per combattere il virus. – Il pescespada va benissimo, – rispose.

– Papà è tornato.
– Sta bene?
Come fa a sapere della malattia?, si chiese Aurora.
– Certo. Perché, scusa?
Aurora pensò che non aveva mai avuto il coraggio di dare alla figlia spiegazioni esaustive su quello che era successo a Giovanni, tranne quando le aveva accennato alla comunità. A volte Mara sembrava capire quello che accadeva piú di quanto avessero capito loro stessi, altri giorni le appariva giustamente piccola ed estranea a tutto.
– Cosí –. Mara era lontanissima, poi tornò sulla terra: – E allora quando posso vederlo? – urlò felice, precipitandosi verso il telefono.

Giovanni disse della malattia ai fratelli, alla madre, a qualche amico, a un conoscente che poteva aiutarlo perché forse sapeva il nome di un medico importante. E allora tanto valeva ascoltare un'altra opinione, chiedere al parente che non sentiva da anni, che era dottore e aveva un collega specialista in malattie infettive. La notizia passò da una a centomila bocche. Come distinguere chi sapeva e chi no? Giovanni cominciò a vedere solo sguardi compassionevoli e se sospettava che qualcuno già lo sapesse tanto valeva spiattellarglielo subito e togliersi ogni dubbio.

Non trovò nessuna verità, solo opinioni diverse e fragorosamente arbitrarie. Scelse l'omeopatia. A suo modo era già stato allopatico ai tempi in cui considerava l'eroina la sua medicina, il suo rimedio, e ora l'ultima cosa di cui aveva voglia era una nuova dipendenza, anche perché nessun farmaco prometteva di guarirlo. Comprò libri di introduzione alle cure naturali e si mise a studiare, come quando a diciotto anni flagellava di note a margine *Il Capitale*. Di nuovo provava a salvarsi da solo. Si convinse che doveva disintossicare il proprio corpo, depurarlo, eliminare qualsiasi traccia di grasso in modo che la malattia lo cogliesse in forma, reattivo, scattante. – Mi sento forte, – assicurò ad Aurora, mentre lei guardava sconcertata gli eczemi sulla fronte che Giovanni ostentava d'ignorare.

Quando lui non c'era, ogni volta che il suo nome veniva fuori gli altri abbassavano lo sguardo. Se all'inizio chiunque sosteneva di conoscere un dottore dei miracoli, a poco a poco nessuno si soffermò piú su presunti specialisti: tutti pensarono che la malattia di Giovanni Santatorre si chiamasse semplicemente destino.

«Andiamo a pattinare, giochiamo con lo skate, aiutami con i compiti»: da un lato Mara con la sua gioia perentoria, dall'altro Giovanni divorato dal senso di colpa. In mezzo, Aurora e la sua nuova incapacità di gestire una lunga giornata di bugie e finzioni con la figlia. Lei e Giovanni avevano deciso di rispettare la norma: la mamma si occupava della bambina a tempo pieno e il papà il sabato e la domenica, ma la settimana dei separati piú che un'anomalia fu un punto fermo, una necessaria scansione di normalità. Fra Aurora e Giovanni la malattia aveva creato una complicità diversa. Gli anni del rancore erano lontani. Un pomeriggio andarono in spiaggia e quando cominciò a piovere si ripararono sotto una barca e si ritrovarono abbracciati. Le gocce piantavano buchi nella sabbia tutt'intorno, mentre loro si accarezzavano e baciavano in silenzio gli occhi, la fronte, il collo. Andarono via che il cielo si era già rischiarato e non pioveva piú da chissà quanto. Nessuno dei due provò a spingersi oltre, non successe nulla, ma quel nulla si ripeté piú di una volta.

Poi anche quegli incontri cominciarono a diradarsi.

Su un punto Giovanni e Aurora erano d'accordo: finché fosse stato possibile tenerglielo nascosto, Mara non doveva sapere della malattia. Dobbiamo difendere la sua infanzia, si ripeteva Aurora, cercando di non ascoltare i sensi di colpa: quella decisione serviva piú a loro che alla bambina, non poteva non chiamarla vigliaccheria.

Ogni sabato Mara trovava il padre ad aspettarla fuori da scuola e gli correva incontro. Nel fine settimana facevano indigestione l'uno dell'altra, lasciando che i loro cromosomi si rispecchiassero e si riconoscessero: entusiasmi ciechi, lo stesso sorriso un po' storto e un identico neo sulla schiena. Una volta la madre di Giovanni guardando la nipote sospirò: – Sei proprio una Santatorre. Cerca di non deludermi, almeno tu –. Mara fu infastidita da quella frase, però ci trovò un complimento e una scommessa che la riguardavano.

Ogni domenica lei e il padre salutavano la nonna e andavano su una collina dove una vecchia casa colonica ospitava una comunità di recupero. Giovanni si occupava dei colloqui con i ragazzi piú difficili, li aiutava a resistere, raccontava la sua esperienza e loro si fidavano di lui. La malattia lo aveva smagrito al punto che in mezzo agli ex tossici sembrava di nuovo uno di loro, a parte lo sguardo, che aveva perso qualsiasi traccia di avidità. Aurora non voleva che Giovanni portasse la figlia in quell'ambiente, ma quando aveva avanzato le sue perplessità Mara era scoppiata a piangere, terrorizzata all'idea che le venisse tolto uno dei due giorni a settimana in cui poteva stare con il padre, visto che era chiaro che Giovanni a quel compito non avrebbe rinunciato. In passato, quando era lui a disintossicarsi, aveva desiderato moltissimo una visita della figlia in comunità, ma Aurora gliela aveva sempre negata sottolineando che non poteva fidarsi di lui: prima perché era vero, poi soltanto per ferirlo. Accordando quel permesso si sollevava un poco dal rimorso.

Tutte le domeniche Mara aspettava Giovanni nel cortile della casa di accoglienza giocando con i gatti e i cani in libertà. A volte uno dei responsabili apriva le gabbie per farle vedere le galline o i conigli e lei era felice di riconoscere quel mondo che per tanto tempo era esistito solo in racconti e lettere che venivano da lontano. Poi la sera andavano a mangiare il gelato in centro, dove incontravano sempre piú spesso amici e parenti: di colpo tutti avevano voglia di salutare Giovanni Santatorre. Mara ne era felice. Lo fu ancora di piú quando, arrivata l'estate, sua madre la lasciò partire con lui.

15.

Andarono in vacanza a Pantelleria, Bent-El-Rhia, la terra del vento, isola magica di asini e *dammusi*. Mara lasciava le scarpette di plastica sotto gli scogli, aiutandosi con le dita nude dei piedi, che contraeva e stringeva fino al perfetto punto d'equilibrio. Tra la salsedine selvaggia e l'odore nauseante dei crostacei, la libertà la chiamava ogni mattina. Mara osservava i fichi d'India, sentiva il padre cantare, si scaldava sotto un sole africano.
L'isola li aveva accolti con sassi di miele granuloso, scorpioni e lumache, faraglioni. Due somari avevano trasportato le valigie giú per discese e strapiombi, su fino alle casette bianche del centro abitato. Nella borsa della bambina, Aurora aveva messo pochi vestiti, una maschera subacquea, un costume a slip macchiato di pece dai tempi della vacanza con Ginevra, fumetti e quaderni per scrivere e disegnare. In quella di Giovanni c'erano magliette, costumi e libri di omeopatia. Furono giorni di mare, di fughe tra le rocce, di silenzio degli uomini e tramestio di animali, di insetti dappertutto. Mara arrivò sull'isola portandosi dietro una congiuntivite stagionale, Giovanni la curò con impacchi di camomilla che la mattina appoggiava per qualche minuto sugli occhi ancora chiusi. Tra quei risvegli amorevoli e i sonni notturni pesanti, catalettici, scorrevano infinite giornate in cui Giovanni leggeva e parlava poco, metteva su la musicassetta di *Fisiognomica,* cantava mescolando l'arabo e il

siciliano, preparava pranzi e cene a base di verdure e pesce. Ogni sera Mara finiva il piatto pulendolo con il pane, profumatissimo, che compravano da una vicina; lui assaggiava appena. Sembrava ogni giorno piú saggio, la pelle attaccata alle ossa, le ossa imprudentemente sporgenti. Sua figlia invece aveva un aspetto sano, esplorava: dietro ogni scoglio scopriva un mondo abitato da un granchio, una lucertola, un branco di pesciolini. Quando andavano in spiaggia insieme, si stendeva sull'asciugamano accanto a Giovanni e parlavano di tutto, per ore.

Adesso che era cosí magro, i suoi occhi cerulei spiccavano ancora di piú su quei lineamenti scarni. Ormai parlava pochissimo di politica, però raccontava e leggeva alla figlia i libri che si era portato dietro: i romanzi di Castaneda, le poesie di Jiménez. Mara lo ascoltava come fosse un amico – grande? vecchio? quanti anni aveva suo padre? Pochi, si rispondeva, ignorando la malattia evidente. Per gli altri era già orfana, per lei la vita era appena cominciata. Ginevra un po' le mancava. C'era un'altra ragazzina sempre sola, Barbara, verso cui però Mara era diffidente. Non voleva tradire Ginevra, e poi Barbara era piú grande di due anni, che a lei sembravano tantissimi. Giovanni la incoraggiò a fare amicizia, ma Mara non voleva scuse per passare il tempo senza di lui, non voleva ricominciare a separare il mondo degli adulti dal suo. Poi, poco a poco, si convinse. Se andavano in spiaggia, loro due uscivano un po' prima e Giovanni le raggiungeva qualche ora dopo. Il pomeriggio, dopo la doccia, parlavano fitto finché non venivano chiamate per la cena.

Davanti al mare e per i sentieri, da soli, con il bottegaio, in spiaggia con la piccola crocchia che si formava attorno al loro asciugamano, Mara e Giovanni cominciavano a conoscersi davvero, e finalmente, per la prima volta, anche a litigare. Mara imparava il gusto della disputa, la perdita e il dolore dei primi disaccordi. I fumetti erano rimasti per terra, accanto al materasso, con le pagine scricchiolanti e indurite dall'acqua di mare. Addomesticati dall'amicizia, anche gli occhi di Barbara smisero di vedere la malattia. Quanto a Mara, si era dimenticata l'inverno, si era dimenticata di tutto, aveva un nuovo orizzonte. Le ombre, le pietre, il luccichio dell'acqua, le storie della grotta di Circe e di Ulisse le facevano compagnia finché non la interrompevano il sonno o una stella cadente.

Quell'estate Aurora decise di non partire per le vacanze. Non aveva soldi, non aveva voglia, non aveva nessuno con cui farlo; l'unica cosa che la faceva stare bene era studiare. Si chiudeva in biblioteca, in archivio, in una qualsiasi delle aule vuote della facoltà e ci restava fino a sera.

A Ferragosto, la processione della Vara attraversò la città. Aurora la seguí senza farsi domande. Da qualche tempo sentiva ogni tanto il bisogno di dire fra sé le preghiere delle suore. Quel giorno non aveva esitato a seguire i devoti, scalzi e vestiti di bianco, tra i «Viva Maria!» e le bestemmie per il sole a picco. Entrò al Duomo cercando con gli occhi un Cristo, un santo, uno sguardo qualsiasi. Non trovò nulla, le girava ancora la testa per il bagno di caldo e di folla del pomeriggio. Tornò a casa a piedi, mentre sullo Stretto brillavano i fuochi d'artificio.

A Pantelleria Giacomo, il figlio degli affittuari del *dammuso*, chiuso e ostile con tutti, decise di parlare solo con Giovanni, lo seguiva ovunque. Giovanni si sentí obbligato ad ascoltarlo, educarlo, perfino riprenderlo come un figlio o un fratello minore. Mara invece era un po' spaventata dalle apparizioni di quel ragazzino allampanato e sporco, che

parlava solo dialetto, aveva sempre una cicca in bocca – la buttava dietro i rovi al primo suono di una voce familiare – e correva tra i fichi d'India a bordo di una Vespa rumorosa.
– *Prufissuri, annau aunn'i grotti?*
– No, non ancora, dovrei?
Mara non disse niente, ma lei nella grotta c'era stata, seguendo Barbara. Ormai l'isola non aveva piú segreti. Esplorandola, faceva conoscenza anche con la sua nuova amica, nella quale intuiva una consapevolezza che lei non aveva e che la affascinava. Gli argomenti che appassionavano Giovanni non interessavano Barbara eppure, a differenza di Ginevra, lei riusciva a destreggiarsi come un'adulta tra le domande degli adulti. Usava la propria amabilità come uno strumento per ottenere l'attenzione, parlava volentieri della sua famiglia mentre glissava su sé stessa. Mara si abituò a non contraddirla, a seguirla per passeggiate e nuotate sempre piú avventurose, sempre piú lunghe, anche dopo cena. Una volta l'amica le propose di fare il bagno col buio ma Mara rispose che suo padre non voleva che prendesse freddo.
– Ma che t'importa? Mica devi fare per forza quello che ti dicono i tuoi genitori.
Nessun bambino vuole passare per codardo, perciò Mara si tolse i vestiti e si buttò. Il mare le sembrò una pozzanghera. In lontananza le luci delle barche la ignoravano, da qualche parte si sentiva gracidare una rana. Chissà se c'erano le meduse, se l'avrebbero pizzicata. Tanto valeva essere coraggiosa fino in fondo: si tappò il naso e si inabissò con gli occhi aperti, ma non riuscí a vedere niente.
– È bellissimo, vieni? – gridò a Barbara riemergendo. Non era vero, ma sentiva che ora poteva far pesare la sua superiorità.

– Un attimo, sto facendo la sentinella per te! – E poi, guardandosi intorno: – Corri, arriva Giacomo!

Mara uscí di corsa, si infilò i vestiti sulla pelle bagnata.

– Muoviti, altrimenti ti vede nuda! Scappiamo! – Barbara rideva come una matta.

A Mara venne il dubbio che la sua amica, asciutta e con tutte le scarpe addosso, si stesse prendendo gioco di lei, ma non c'era tempo per pensarci. Corsero via lungo il sentiero e Mara sperò che Giacomo saltasse fuori, confermando che la paura di Barbara era fondata, che davvero si era preoccupata per lei, e allora si sarebbero coalizzate contro il nemico comune.

Non incontrarono nessuno.

Vicino a casa Mara rallentò, salutò l'amica e si preparò a litigare con il padre. Era rientrata piú tardi del solito ed era tutta bagnata, i capelli sgocciolavano pesanti sulla schiena.

Davanti al *dammuso*, Giovanni dormiva sulla sdraio. Avrebbe voluto svegliarlo, chiedergli che cosa doveva farne adesso di quella fiducia tradita. Ma per la prima volta suo padre le sembrò stanco e vecchissimo.

La mattina dopo, padre e figlia andarono insieme in un punto dell'isola dove Giovanni era già stato piú volte.

A piedi nudi, in costume, con una bottiglia di acqua fredda in mano, Mara lo seguí verso l'entrata. Il passaggio era stretto, l'interno lungo e ovale – un salottino preistorico. La pietra delle pareti formava piccoli sedili su cui, con sorpresa di Mara, c'era già una modesta fauna umana: uomini e donne sudatissimi accolsero il loro ingresso con un sorriso. Nonostante il calore insopportabile e il fumo, che sembrava provenire dal centro della terra, Mara si sforzò di tenere gli occhi aperti.

– L'acqua dovevi lasciarla fuori, – bisbigliò Giovanni per giustificare qualche risolino, – qui dentro si riscalda e poi non serve a niente –. Mara corse a posare la bottiglia, al rientro finalmente si accoccolò in quel vapore infernale. Per dimostrare a Giovanni che era grande, che era paziente, che era forte, avrebbe sopportato anche l'apparizione di un diavolo. Arrivò invece un torpore sonnolento. – Va bene, andiamo. Sei stata bravissima –. Fuori da quella sauna naturale Mara rinacque sotto una cascata di acqua gelida. Aveva provato anche lei quel rito di purificazione di cui il padre era entusiasta, la sauna naturale che eliminava le tossine, la spazzatura dell'organismo.

Sotto l'acqua finí anche agosto, venne un acquazzone insolente. Con il naso incollato alla finestra, senza neanche il sospetto che la pioggia potesse distogliere l'amica dal suo proposito, Mara aspettava Barbara, che sarebbe partita quella sera. Se fosse toccato a lei sarebbe scappata, avrebbe disobbedito, avrebbe sfidato il temporale. Ma le ore passavano, non accennava a smettere ed era sempre meno probabile che i genitori di Barbara le permettessero di attraversare l'isola per salutare un'amica stagionale che non avrebbe piú visto. Forse, la prossima estate – Mara scacciò quel pensiero. La prossima estate? Scoppiò a piangere, chissà dove sarebbero stati. Fu sorpresa di sentire il padre avvicinarsi e, abbracciandolo, si addormentò.

Aurora dormiva poco e male. La settimana dopo Ferragosto l'università chiuse del tutto e Aurora, suo malgrado, fu costretta a rimanere a casa. Decise che sarebbe andata a leggere in spiaggia, la mattina presto, poi però ogni giorno faceva il caffè e tornava a letto. Si alzava due, tre volte per finire la caffettiera e a quel punto il sole era già alto e faceva troppo caldo.

Una mattina telefonò alla madre di Giovanni, avrebbe voluto dirle che si sentiva sola, che si era sempre sentita cosí, proporle di passare un po' di tempo insieme. La suocera manifestò affetto a modo suo, ma non riuscí a reprimere una critica al fatto che ancora una volta Aurora aveva lasciato Giovanni da solo, e per di piú gli aveva affibbiato la bambina. Non sai che non sta bene, aggiunse, che potrebbe essere troppo pesante per lui?

Aurora decise di rivolgersi a sua madre, che la investí di parole e la invitò a casa: avrebbe ricevuto una visita di certe amiche nel pomeriggio, voleva venire anche lei? Il paese in cui si era trasferita distava un'ora di macchina e Aurora non aveva nessuna voglia di guidare per ritrovarsi a fare conversazione con gente sconosciuta. E con quell'aggettivo non si riferiva solo agli ospiti, pensò declinando l'invito.

Leggerò qualcosa, si disse. Guardò la libreria a vetri, le sue stratificazioni. I volumi fascisti del padre, i manuali dell'università che aveva sottolineato con Giovanni, i romanzi della sua infanzia, i fumetti di Mara. Scegliere un libro piuttosto che un altro era stato ogni volta un atto rivoluzionario che l'aveva aiutata a crescere. Com'era lontana quella sensazione di conquista, di coraggio. Leggere non era piú un rifugio. A dirla tutta, non riusciva piú a seguire un filo narrativo senza distrarsi. Andò al bar, comprò una vaschetta di gelato, tornò a casa e la finí davanti alla televisione.

Giovanni e Mara caricarono le valigie su una *lapa* che faceva da taxi. A Mara erano rimasti dei soldi con cui aveva comprato nuovi fumetti e un piattino con la scritta «Pantelleria», per Aurora. Giovanni se ne stava zitto, pronto a riconsegnarsi alla città, a un ultimo tempo disponibile. Eppure lasciò il *dammuso* canticchiando, mentre il sole illuminava la mulattiera vuota. Sentirono un clacson, uno sferragliare di motori. Giacomo correva sulla Vespa, li seguí, li affiancò, Giovanni scese, si abbracciarono. Giacomo tirò fuori una sigaretta, gliela regalò. Guardò anche Mara e a modo suo le augurò buon viaggio. Per la prima volta lei non gli rispose in cagnesco, pochi metri dopo fissò lo specchietto e Giacomo era ancora lí, immobile e sfocato come quell'estate, a salutarli agitando le mani.

16.

Ricominciarono la scuola e le lezioni universitarie. Arrivò Natale. Giovanni peggiorava ma Mara era presa dal lato positivo della loro nuova vita, finalmente il padre viveva nella sua stessa città e poteva vederlo tutte le settimane. Era eccitata perché Ginevra aspettava un fratellino, mise sotto l'albero un pacco per il nascituro e fece ad Aurora un discorso serissimo pregandola, nel caso in cui lei e papà si fossero rimessi insieme, di fare anche loro un altro figlio. Aurora non rispose, ma quella sera non riuscí a mangiare. Pochi giorni dopo dovette dirle che Giovanni era stato ricoverato. Mara si chiuse nella sua stanza e ricominciò a giocare come se niente fosse, però quella sera chiese di poter dormire con lei e Aurora non glielo negò.

Il mondo dei Santatorre si trasferí intorno a un letto di ospedale. Policlinico, reparto malattie infettive. Aurora ci andava tutti i giorni. A volte rispettava l'orario per le visite, altre passava solo per portare la cena, altre ancora arrivava agli orari piú impensati e riusciva a entrare con la complicità degli infermieri. Anche la madre di Giovanni era sempre lí, e poi fratelli, cognati, conoscenti, compagni dei tempi della politica e colleghi dell'università, cugini, zii, vecchi amici. Mancava solo Mara. Non avevano piú toccato l'argomento. Aveva continuato ad andare a scuola, giocare, leggere, invitare le amiche a casa. Solo i pattini non le interessavano piú: finirono nello stanzino, sotto un mucchio di vecchie buste.

Venne anche Renato. Giovanni si mise a sedere sul letto tutto contento. – Entra, no? Vabbe' che non è un salotto, ma vieni qua –. Si abbracciarono. Renato raccontò che era uscito, stava bene, nessuna ricaduta. Disse che si era innamorato, aveva incontrato una ragazza, si sarebbero sposati. – Be', e dove sta il mio invito?
– Ancora li devo fare e poi te lo spedisco. Ma intanto la vuoi conoscere?
– E che fai, me la tieni nascosta? Falla entrare, se non si scandalizza a vedere un uomo in pigiama.
Si affacciò una bella ragazza dall'aria paesana, con gli occhi bistrati di nero. Rimasero a chiacchierare sforando l'orario consentito finché non furono messi alla porta dal brontolio di un'infermiera.
Salendo le scale Aurora incrociò la coppia che scendeva. Lui aveva gli occhi rossi come se avesse pianto, lei gli faceva strada senza mai lasciargli la mano. Il cappotto slacciato della ragazza scopriva una pancetta di qualche mese. Sono sicuramente all'inizio, notò con un pizzico di invidia, anche se dovevano essere reduci da una cattiva notizia.
Trovò Giovanni raggiante. – Che peccato, per pochi minuti ti sei persa il mio amico, ti ricordi Renato? – Le raccontò che erano venuti da Roma apposta per lui: si sarebbero sposati, erano felici. Non parlò della gravidanza. Probabilmente non l'aveva notata e loro non erano riusciti a dirglielo. – Sí, credo che sia un vero amico, – concluse Aurora prima di cambiare discorso.

Un pomeriggio Mara e Ginevra andarono a giocare dalla nonna dell'amica, che abitava in un comprensorio. Fece-

ro amicizia con altre bambine del vicinato. Prima del tramonto si fermarono a bivaccare sul muretto.
– Che lavoro fanno i tuoi genitori? – chiese a Mara una di loro.
– Mia mamma è... lei è *quasi* una ricercatrice dell'università. Mio papà insegna in una scuola –. Ginevra si girò di scatto, Mara guardò da un'altra parte. – Che c'è?
– Niente, – e protesse la bugia della sua amica.

«Quello che vuoi arriva quando meno te l'aspetti», ripeteva la signora Silini tutte le volte che i figli la tormentavano con i loro «voglio». Una litania che Aurora detestava, le ricordava la debolezza di sua madre. Fu contrariata quando se ne ricordò. Il concorso con cui l'università la invitava a diventare ricercatrice si fece pochi giorni dopo il ricovero di Giovanni. Aurora aveva fretta di finire e tornare in ospedale. Certo, la prova non era stata brillante, ma a suo favore giocavano i titoli di studio, gli articoli e una commissione bendisposta. Avrebbe avuto il lavoro che aveva sempre sognato e desiderò esserne felice.

La casa dei Silini, che in passato conteneva a stento uno sciame di figli, diventò troppo grande per Mara e Aurora. Le pareti ammuffivano, la polvere si posava sui mobili abbandonati, dalle finestre il mare di marzo era cinereo, ostile. Il nome di Giovanni, non pronunciato, invadeva stanze e corridoi.
Mara invitava spesso Ginevra a fermarsi a pranzo dopo la scuola, e gli schiamazzi delle bambine riempivano la casa piú dei mobili vecchi o delle macchie sul soffitto di cui nessuno aveva tempo e voglia di occuparsi.
Un giorno Aurora si piazzò davanti alla figlia e alla sua amica. – Che c'è? – si incupí Mara.

– Oggi è la festa del papà, – fece Aurora sbrigativa.
– Ma stiamo giocando!
Aurora sospirò e si appellò al buonsenso di Ginevra: aveva già telefonato ai suoi, l'avrebbe portata a casa. Quando l'amica annuí anche Mara fu costretta a rassegnarsi.
In macchina, appena furono da sole, Aurora istruí la figlia.
– Qui ci sono le polpette, di' a papà che le hai preparate tu, va bene?
– Ma non è vero, le ha fatte la nonna!
– Sí, ma di' come ti ho detto io.
– Perché?
– Perché papà le mangia piú volentieri se sa che le hai fatte con le tue mani.
Mara guardò fuori dal finestrino concentrandosi sul crepuscolo lungo la costa. Pensò a Colapesce, il leggendario eroe dello Stretto. C'erano innumerevoli versioni della storia, ma quella di nonna Silini era cosí: Nicola era un ragazzo che nuotava tutto il giorno, tanto che sulla pelle gli comparvero delle pinne e gli fu affibbiato il soprannome di Colapesce. Ogni giorno sua madre si sgolava: «Cola! Esci dall'acqua… ti ammalerai!» La sua fama raggiunse le orecchie del re, che gli chiese di recuperare il suo prezioso anello, caduto in mare durante una traversata. Nella lunga immersione Colapesce scoprí che Messina era sorretta da tre colonne, di cui una sana, una pericolante e una rotta: preoccupato, quando risalí in superficie disse al re che bisognava fare qualcosa per evitare un altro terremoto. Ma il re, soddisfatta la propria cupidigia, si riprese l'anello e se ne infischiò. Cola tornò sott'acqua e si mise al posto della colonna mancante, e da allora sorregge la città con le sue braccia forti.
Da qualche parte in quella storia Mara trovò un po' di coraggio.

L'ospedale le accolse con la solita puzza di disinfettante e il rumore strascinato di zoccoli da infermiere. Davanti alla stanza di Giovanni i familiari stavano discutendo animatamente; quando Aurora spinse avanti la figlia si zittirono e una nuvola di occhi si posò sulla bambina. Per qualche minuto Mara temette di non riuscire a muoversi, schiacciata dal peso di tutta quella compassione.

Anche Giovanni sembrava immobilizzato fra i tubicini e la flebo.

– Sei cresciuta ancora, – si illuminò.

– Ti ho portato le polpette.

Mara indicò il contenitore aggiungendo: – Le ho fatte io.

– Stai diventando davvero responsabile, – Giovanni guardò Aurora, che abbassò gli occhi.

Mara raccontò aneddoti dal suo mondo: la scuola, le nonne, gli amici, i giornaletti.

Le polpette rimasero sul comodino fino alla mattina dopo, quando un inserviente le buttò via, mentre a casa Silini la merenda che Aurora aveva preparato per le bambine fu riciclata in una cena frettolosa che madre e figlia consumarono senza parlare di nulla.

Giovanni sfogliò un quotidiano. Peter, dalla Germania, gli aveva scritto che il muro sarebbe caduto di lí a pochi mesi, ma la stampa italiana taceva. Da Gipo nessuna notizia. Aveva saputo che era uscito dal carcere, che non faceva piú politica, e chissà dov'era a ricostruirsi una vita, chissà se si era ripreso i suoi figli. Di certo l'ultima cosa di cui potrebbe aver voglia dopo la galera è entrare in un ospedale, pensò con rammarico, sempre che sappia che sono finito qua. E gli altri? Visi e nomi restavano sfocati. Giovanni chiuse gli occhi e mise in fila le domande. Si fermò alla piú semplice, gliel'aveva fatta una volta Aurora poco dopo i primi buchi: com'era stato possibile, per un ragazzo terrorizzato dal sangue? Pensò alla madre, che piú di una volta gli aveva ripetuto: se solo avessi studiato Legge, come tutti... Pensò a quella vecchia idea di fare il medico e a tutte le sue contraddizioni.

Facendo attenzione a non spostare la flebo, si accoccolò su un fianco. Ricordò l'ultima visita di Aurora, non l'aveva mai vista cosí stanca eppure gli occhi a mezzaluna le brillavano ancora. Quando lei e Mara erano andate via gli era venuta voglia di alzarsi e raggiungerle, camminare con loro, riempire il tassello mancante. Il dottore continuava a suggerirgli l'azidotimidina, i cui effetti assomigliavano ai sintomi della malattia. Avrebbe dovuto fidarsi senza sottovalutare i rischi; insomma, crederci restando all'erta. Del resto gli sembrava di essere sempre rimasto in sé, sempre. Quando voleva convincersi della necessità politica della violenza ed era finito a mettere bombe che non facevano male a nessuno. A Milano, mentre toccava il fondo e contava i denti marci. In comunità, collezionando tentazioni e facendo prove di resistenza. Perfino quando portava Mara con sé nei posti piú sbagliati per sentirsi meno solo, perfino allora era sfacciatamente lucido. All'epoca, quando sentiva parlare del virus, era sicuro che non lo riguardasse: quella era la rogna, e un eroe non prende la rogna. Un errore, altro che un eroe, si corresse. Tornò il bambino soffocato dall'ansia, curvo nel soppalco troppo basso. Una volta che a tredici anni piangeva disperato aveva confidato al padre che si sentiva solo. «Non sarai il primo né l'ultimo», gli aveva detto l'avvocato. Oggi a che sarebbe servita l'azidotimidina? A respirare attaccato a un paio di tubi fino a vedere la caduta del muro? Per lui era già caduto all'inizio degli anni Ottanta, quando l'aveva attraversato pieno di illusioni ed era tornato a Ovest con il sapore di una birra

LA QUESTIONE DELLA PRIMAVERA

ingoiata in fretta. E Mara? Prese la foto, quella che aveva portato con sé anche in comunità, e scrisse sul retro la data, «21 marzo 1989», ma le parole giuste non arrivarono.

Aurora lasciò che il sole entrasse dagli scuri, accostati come durante i lutti di quando era bambina. Il calendario segnava il 21 marzo e dai tempi dell'università riaffiorarono i versi di Majakovskij: *Per quel che concerne il pane la cosa è chiara, e per quel che concerne la pace anche. Ma la questione cardinale della primavera va risolta, ad ogni costo.* Guardò l'orologio, era ora di tornare.

Quel pomeriggio Mara aveva invitato Ginevra e una nuova amica, e in casa echeggiavano le chiacchiere di tutt'e tre; a un tratto scoppiarono a ridere per qualche stupidaggine, non smettevano piú di sghignazzare. Aurora uscí in silenzio, in strada fu accolta da una sferzata di aria fredda. C'era una coda di auto al semaforo e allo scattare del verde tutti suonarono il clacson nello stesso istante. Alzò lo sguardo verso casa. Sotto il balcone era comparso un grumo nero che assomigliava a un paniere. Forse è un nido, mi sa che tornano davvero le rondini, si disse. Fece scivolare in tasca le chiavi della macchina, l'ospedale era lontano ma non aveva voglia di guidare. Pazienza, sarebbe arrivata tardi, per una volta poteva prendersela comoda. Dovevano festeggiare quella data: «In primavera starò meglio», ripeteva Giovanni. Ma sí, per oggi andrò a piedi, decise Aurora, e si incamminò.

Epilogo.
Storia degli occhi

Caro sconosciuto,
hai chiesto che storia avessero i miei occhi e non avresti mai immaginato che te l'avrei raccontata per davvero. Ora vorrai sapere com'è finita.

Aurora vive con il suo nuovo marito, i due figli che hanno avuto insieme e una ritrovata, fragile sicurezza. Dietro le rughe è ancora la bambina che studiava chiusa in bagno per prendere nove in pagella. In lei il dolore è vivido e lacerante, ma non ha ancora trovato le parole. È rimasta bella e armoniosa, il sorriso meno aperto che a vent'anni, lo sguardo illuminato da una sofferta fiducia.

Di Giovanni mi piacerebbe raccontarti che si è alzato, si è staccato la flebo dal braccio e ha chiesto all'infermiera un piatto di spaghetti all'arrabbiata. È cosí che lo immagino: florido e malizioso, con i primi capelli grigi, i libri sottobraccio e l'aria presuntuosa di chi è scampato alla nera signora.

Parenti e amici continuano a non parlare di Aids come se quelle quattro lettere avessero il potere di infettare la bocca di chi le pronuncia; io invece le uso volentieri per spiazzare gli ipocriti, per onorare la mia eredità. Bastano una frase, una foto, un ricordo per tirare via vangate di terra scura: può essere doloroso, ma meno del silenzio.

Dunque, ecco i miei occhi: quelli della *picciridda* che quando nacque spaventò suo nonno piú di un mafioso e meno di un professore di matematica. Non sono seducenti come quelli di mio padre né lunari come quelli di mia madre; sono la mia valigia, la mia infanzia senza tempo, la certezza che me la caverò perché me la sono già cavata – sono semplicemente tutto ciò che mi serve per continuare a raccontare.

Nota al testo.

La citazione a p. 3 è tratta da H. Pinter, *Libro di specchi*, in *Poesie d'amore, di silenzio, di guerra*, a cura di E. Quaggio, Einaudi, Torino 2006, p. 16.
La citazione a p. 141 è tratta da R. Jakobson, *Una generazione che ha dissipato i suoi poeti. Il problema Majakovskij*, a cura di V. Strada, Einaudi, Torino 1975, p. 16.

Indice

p. 5	Prologo. Due mari
19	In Sicilia contro la luna
87	Mal di terra
119	La questione della primavera
143	Epilogo. Storia degli occhi
145	*Nota al testo*

Questo libro è stampato su carta certificata FSC®
e con fibre provenienti da altre fonti controllate.

MISTO
Carta da fonti gestite
in maniera responsabile
FSC
www.fsc.org
FSC® C115118

Stampato per conto della Casa editrice Einaudi
presso ELCOGRAF S.p.A. - Stabilimento di Cles (Tn)

C.L. 21731

Edizione   Anno

3   4   5   6   7   8   9   2015   2016   2017   2018